KB077693

승유 장편 소설

FUSION FANTASTIC STORY

# 월드 플레이어
# WORLD
# PLAYER

# 월드 플레이어 3

승유 장편 소설

초판 1쇄 찍은 날 § 2015년 8월 11일
초판 1쇄 펴낸 날 § 2015년 8월 18일

지은이 § 승유
펴낸이 § 서경석

편집책임 § 한준만

펴낸곳 § 도서출판 청어람
등록번호 § 제387-1999-000006호
등록일자 § 1999. 5. 31
어람번호 § 제1-2197호

주소 § 경기도 부천시 원미구 부일로 483번길 40 서경B/D 3F (우) 420-822
전화 § 032-656-4452 팩스 § 032-656-4453
http://www.chungeoram.com
E-mail § chungeorambook@daum.net

ISBN 979-11-04-90359-5 04810
ISBN 979-11-04-90304-5 (세트)

승유 장편 소설

FUSION FANTASTIC STORY

월드 플레이어 ③

# WORLD
# PLAYER

도서출판
청어
람

# 월드 플레이어
# WORLD PLAYER

# CONTENTS

제1장
**그, 그리고 그녀**

　괜한 이야기를 꺼낸 걸까? 아니면 너무 과감했던 걸까? 집
으로 향하는 택시 안에서 이유리는 생각에 잠겨 있었다.

　동원에게는 목적지에 도착할 때까지 잠시 눈을 붙이겠다
고 한 뒤 창문으로 고개를 돌린 채 눈을 감고 있었지만, 잠이
오지 않았던 것이다.

　맨 처음에는 그저 순수한 의도로 동원이 사람들로부터 떨
어져 있을 만한 장소를 제공하기 위해 떠올렸던 생각이었
다.

　하지만 막상 이야기를 꺼내고 이동하는 상황이 되자 이런

저런 생각이 들었다.

물론 싫지는 않았다.

하지만 너무 갑작스러운 게 아닌가 싶기도 했다. 국가대표 생활을 하며 이유리가 경험한 남자라고는 자신을 지도해 주었던 코치와 감독, 그리고 동료들이 전부였다.

저마다 자신의 실력을 다듬고 연습하기에 바빠 흔히들 말하는 썸을 탈 새도 없었다.

마음에 드는 외모의 사람이 없는 것도 크게 한몫을 했다. 동료 선수 중에는 이따금씩 다른 이성의 선수와 사랑에 빠지는 경우가 종종 있었지만, 이유리는 차가운 벽이 있는 것 같다는 이야기를 들을 정도로 이성의 동료 선수들과는 거리를 됐다.

그러다 보니 남자에 대한 경험이 없었다.

연애 경험이 없는 것은 두말할 필요도 없었다. 하지만 그래도 보고 듣고 알게 된 것은 많았는데, 혼자만 있는 집에 남자를 초대한다는 것이 어떤 의미가 될지는… 그녀가 가장 잘 알고 있는 것이기도 했다.

아무런 의미가 없다고 해도, 아닐 수가 없는 것이다.

솔직한 감정은 그랬다. 동원에게 기대고 싶었다. 스피어러로서의 삶을 시작했을 때만 해도 갈피를 잡지 못하고 그저 살아남기 위해 홀로 고군분투했던 그녀였다.

그러던 와중에 단체 퀘스트에서 동원을 알게 됐고, 묵묵히 자신의 소임을 다하며 동시에 파티원들을 전력을 다해 돕고 챙겨주는 그의 모습에 호감을 느꼈다.

　처음엔 단순한 관심으로 시작된 만남이었지만, 시간이 흐르면서 동원이라는 남자에 대한 마음이 점점 커져 갔다. 그리고 이번에 빅 웨이브를 막아내면서도 계속 마음 한편에서는 동원에 대한 생각을 하고 있었다.

　그가 무사했으면 하는 생각, 그리고 이렇게 따로 떨어져서 싸울 것이 아니라… 함께 전장에서 호흡을 맞춰보고 싶은 마음이 강하게 들었던 것이다.

　그리고 목숨을 건 사투를 치르고 나자 가장 먼저 동원의 생각이 났다. 살았다는 안도감, 그리고 해냈다는 성취감을 가장 먼저 나누고 싶었던 사람이 동원이었던 것이다.

　그때 이유리는 생각했다. 동원에 대한 감정이 점점 깊어지고 있다는 것을.

　어쩌면 동원에게 안전한 거처를 제공할 수 있다는 좋은 핑계로 자신을 설득하고, 좀 더 직설적으로 마음을 표현한 것일지도 모르겠다는 생각이 들었다.

　"많이 피곤했겠지."

　동원이 곤한 잠에 빠져 있는 '척'을 하고 있는 이유리의 머리칼을 쓰다듬어 주었다.

그러고 보니 황찬성 형제와 김윤미에 대한 생각이 났다. 동원은 혹여 이유리가 잠에서 깰까 싶어 조심스럽게 손을 떼어 냈다.

우선 황찬성에게 전화를 걸어보니 통화 중이었다. 동생 황찬열 역시도 마찬가지. 수다를 떨 시간이 있는 것을 보니 최소한 살아 있는 것은 분명해 보인다.

동원은 바로 김윤미에게 전화를 걸었다. 서희를 통해서 확인해 볼까 하는 생각도 해봤지만, 군이 김윤미의 번호를 아는 마당에 서희를 수고롭게 하고 싶진 않았다.

하지만 김윤미는 전화를 받지 않았다. 설마 안 좋은 일이라도 생긴 걸까 싶었지만, 다행히 몇 초 지나지 않아 '용무 중이니 나중에 연락드리겠습니다' 라는 자동 회신 문자가 도착했다.

곤한 잠에 빠졌거나 혹은 다른 일이 있는 모양이었다.

\* \* \*

이유리의 본가에 도착한 것은 한 시간 정도가 지나서였다.

그녀의 말대로 집은 정말 깊은 산속에 있었다. 근처에 몇 개의 집이 작은 마을을 이루고 있긴 했지만 그중에서 제대로 살고 있는 주민은 얼마 되지 않았다.

산속이다 보니 보안에 상당한 신경을 쓴 듯했다. 집 주변에는 다수의 CCTV가 놓여 있었고, 집으로 들어가는 문부터 시작해서 창문까지 모든 것에 보안 장치가 되어 있었다.

동원은 이곳에 오기에 앞서, 잠깐 들린 의류 상점에서 필요한 속옷과 안에 입을 면 티, 트레이닝복 몇 벌을 구입했는데 이것으로 일주일가량의 시간을 보낼 생각이었다. 이유리의 부모님이 돌아오시기 전까지.

아무리 그래도 이유리와 공식적으로는 아무 관계도 아닌 남자가 자신들의 집에서 일주일간 머무르고 갔다고 하면 좋게 보일 리는 없을 터. 동원은 이유리에게 필요 이상의 부담을 주는 일은 하지 않을 생각이었다.

"이 방을 쓰면 돼요. 원래는 아버지가 쓰시던 서재였는데 나중에는 제 개인실로 바뀌었어요. 방과는 또 다른 개념이에요. 아무 생각도 하지 않고 잠만 자고 싶다거나 혼자 있고 싶을 때 오는 방이랄까. 그래서 이렇게 커튼까지 쳐놨죠. 밤낮 생각 없이 푹 자기에 정말 좋거든요."

"괜한 수고를 하게 하는 것 같네."

"아니에요. 제가 얘기했잖아요? 저를 위해서 오빠가 필요하다고 했던 거예요. 걱정할 것 없어요."

동원은 이유리의 말에 고개를 끄덕이고는 방 안을 둘러보았다. 푹 쉬기에 정말 좋은 방이었다.

국가대표로 생활하면서 항상 좋은 일면만 있었던 것은 아닐 터. 그녀가 얼마나 혼자만의 생활에 잘 적응해 있는지 방만 보아도 짐작이 갔다.

어렸을 적부터 홀로 살아온 자신의 모습이 투영되어 보이기도 하는 것이다. 때로는 가족이라는 존재가 있더라도 혼자처럼 외롭게 느껴질 때가 있다.

그녀를 처음 보았을 때 느꼈던 특유의 차가움은… 아마도 이런 외로움에서 기인했을 것이다.

*　　　　*　　　　*

짐을 풀고 간단하게 이유리가 만들어준 토스트로 식사를 대신한 동원은 바로 집 밖으로 나왔다. 이유리 역시 동원을 따라 나왔다. 두 사람 모두 훈련을 하기 위해서였다.

이유리는 동원에게 스페셜 스피어로 얻은 보상에 대한 것은 묻지 않았다. 그녀 역시 서희나 규현처럼 이미 지금으로도 충분히 동원이 많은 관심을 받고 있다는 것을 잘 알고 있었다.

어차피 자연스럽게 알게 되면 될 것이고 아니라 하더라도 충분히 강한 동원을 믿는 그녀였다.

"유리는 어땠어? 한 번 보고 싶은데."

"이번 빅 웨이브 보상이 생각보다 좋았어요. 서울 스퀘어만큼은 아니지만 치열하기는 똑같았거든요. 아, 그리고 오빠가 혹시나 걱정할까 해서 미리 말해둘게요. 이 근처에는 포탈 없어요. 있었으면 오지도 않았을 거예요."

파앗.

이유리가 손목에 찬 팔찌를 만지작거리자 자연스럽게 그녀에게 활이 쥐어졌다. 이전과 달리 붉은빛을 내는 활이었다.

"명중력이 상당히 보정됐어요. 게다가 5발에 1발은 데미지가 2배로 들어가게 돼요. T2 기술이 속사니까 시너지 효과가 좋을 거라고 생각해요."

이유리가 만족스런 표정으로 화살을 메기지 않은 활시위를 몇 번 잡아 당겼다.

"이번에 얻은 스피어로 활을 바꾸면서 가려운 부분을 긁은 모양인데?"

"맞아요. 그리고 T1 기술에 포인트를 좀 더 투자했어요. 평타 강화 기술이거든요. 속사랑 시너지 효과가 역시 좋아요. 11%의 확률로 크리티컬 히트가 발생하니까. 의외의 변수들을 만들어내기에 좋아요."

"최대치는?"

"15%예요. 확률 1%에 생과 사가 갈릴 수도 있으니까 가장 먼저 마스터해야죠."

휘리릭, 푹!

그사이 빠르게 활시위에 화살을 메긴 이유리가 멀리 보이는 나무 한가운데로 화살을 날렸다. 그러자 이내 퍽! 하는 소리가 나며 나무 한가운데 꽂힌 화살이 아래위로 힘 있게 흔들렸다.

자세히 보니 화살이 박힌 곳은 움푹 패여 있었다. 이유리가 어렸을 때부터 과녁 삼아 늘 화살을 맞추던 그 위치였던 것이다. 그래서 유독 한 부분만 깊게 파여 있었던 나무였다.

"오빠는 어때요?"

"안 그래도 시험을 해볼 참이야. 아무것도 테스트해 볼 수 없었거든."

동원이 성큼성큼 앞으로 나섰다. 그리고 유리를 향해 살짝 뒤로 물러나라는 손짓을 했다.

스태틱 건틀릿은 타격을 통해 일정량의 방전 조건이 채워지면 전류의 파장을 주변으로 뻗어나가게 하는 건틀릿이었다. 동원이 상대적으로 부족한 부분인 광역 타격에 도움을 줄 수 있는 무구였다.

퍽! 퍼퍽! 퍽!

동원이 열심히 나무를 두드리기 시작했다. 아수라의 분노와 달리, 스태틱 건틀릿은 생물이 아닌 대상에도 방전 조건을 채울 수 있지만 겸사겸사인 실험이었다.

8··· 16··· 23··· 31······.

일정한 패턴이나 상승 수치가 있는 것은 아니었지만 방전을 위한 조건, 즉, 스태틱 포인트는 계속해서 쌓였다. 동시에 초기 타격 과정에서 아수라의 증오도 1스탯이 중첩됐다. 역시 초기 단계라 그런지 쉽게 중첩이 되는 모습이었다.

계속해서 레프트, 라이트 펀치를 이어가자 자연스럽게 스태틱 포인트가 쌓이고, 이내 그 수치가 100이 됐다. 그 순간.

빠직!

일순간에 동원의 건틀릿 끝에서 네 줄기 정도로 이루어진 전류의 파장이 정면과 측면으로 흩어졌다. 눈 깜짝할 사이에 이루어진 방전. 순식간에 전류의 파장에 강타당한 나무들의 몸통에서 연기가 피어올랐다.

"와."

지켜보고 있던 이유리도 탄성을 터뜨렸다. 그녀 역시 동원에게 광역 공격 능력을 부재를 아쉬워했던 참이었다. 스태틱 건틀릿은 확실히 가려운 곳을 긁어주는 무구였다.

단, 위력 자체가 매우 강력해 보이지는 않았다. 동원의 힘 수치나 이를 통해 환산된 공격력의 영향을 받는 것이 아니라, 스태틱 건틀릿 자체에 설정된 데미지를 입히도록 설계되어 있는 것 같았다.

"유리, 잠시만 원하는 조건을 갖출 때까지만 유리의 훈련을 보류해 줄 수 있을까? 한 가지 더 실험해야 할 것이 있어.”

“얼마든지요. 시간은 충분해요.”

동원은 아수라의 분노를 발동시키기 위해, 증오 스탯을 쌓아 보기로 했다. 단, 얼마나 많은 히트가 이뤄져야 할지 감이 오지 않는 만큼 이유리에게 혹시나 피해가 갈까 양해를 구한 것이다. 그녀는 흔쾌히 고개를 끄덕였다.

그리고 동원은 무아지경에 빠진 것처럼 쉴 새 없이 나무를 타격하기 시작했다. 스태틱 포인트가 쉴 새 없이 쌓이고, 계속해서 방전이 이루어졌다.

이미 확인을 한 번 한 능력이니 이제는 관심 밖이었다. 동원은 집요하게 펀치를 이어갔고, 점점 아수라의 증오가 추가되어 중첩되기 시작했다.

‘정말 복불복인 건가. 확률 게임이란 역시…….’

동원은 순식간에 5중첩까지 올라갔던 아수라의 증오가 갑자기 답보 상태에 빠지자 그런 생각을 했다. 중첩이 20초 내에 새로 이루어지지 않으면 다시 0부터 올려야 하기 때문에, 카운트다운이 9초로 접어들기 시작하자 신경이 쓰이기 시작했다.

하지만 다행히도 3초를 남기고 증오가 중첩되면서 6이 됐다. 동원은 몇 번의 히트가 이뤄졌는지 계산할 새도 없이 계속해서 타격했다. 그러는 사이 아슬아슬하게 2~3초를 남기고 스탯이 오르던 아수라의 증오 수치가 9에 이르렀다.

공격력과 기동력이 각각 18% 증가한 상태. 이 즈음에서 동원은 T3 기술을 전개하기로 했다. 그래야 아수라의 분노가 발동됐을 때, 이루어지는 재사용 대기 시간 초기화를 확인할 수 있기 때문이다.

"하앗!"

동원이 일갈하며 직관적으로 이미지한 T3 기술을 전개했다.

우우웅.

순식간에 건틀릿 전체에 무형의 충격파 덩어리가 생성되었다. 그리고 동원이 팔을 뻗자, 그 순간 엄청난 충격의 파장이 부채꼴 모양으로 단번에 뻗어져 나갔다.

와득! 으드드득!

후우우우웅!

정면에서 동원의 일격을 그대로 받아낸 나무는 부러지는 소리와 함께 그대로 토막이 나며 뒤로 넘어갔다. 동시에 나무들 사이를 가득 메우고 있던 수풀들은 동원의 T3 기술이 만들어낸 충격파에 휘말려 지면에 눕혀져 버렸다. 뿐만 아니라 여기저기 널려 있었던 자갈이나 작은 돌들도 충격파에 휘말려 저 멀리 날아가는 모습이었다.

동원은 지체하지 않고 바로 옆에 있는 나무를 연이어 타격했다. 그렇게 10초간을 쉴 새 없이 때리자, 드디어 기다렸던 아수라의 분노가 발동됐다.

5초간 100%의 데미지를 추가로 더 제공하는 아수라의 분노. 여기에 10중첩으로 20% 강화된 공격력이 더해지니 나무의 딱딱한 껍질도 버텨낼 재간이 없었다.

순식간에 구멍이 움푹 파였다. 사방으로 나무껍질들이 비산했다. 그리고 5초의 시간이 지나자, 대기 시간이 적용되고 있던 T3 기술이 다시 활성화됐다.

"하앗!"

또 한 번의 일갈.

방금 전과 같이 충격파가 흩어졌다. 그쪽 방향의 수풀들이 전부 누워버렸음은 두말할 나위도 없었다.

"하악. 하악. 하악. 발동이 쉽지는 않겠는데……."

그제야 만족스럽게 결과물을 확인한 동원이 거칠게 숨을 몰아쉬었다. 10중첩 상태를 만들기까지 3분에 가까운 시간을 정말 쉬지 않고 나무를 때렸던 동원이었다.

그나마 작정하고 스탯을 쌓기 위해 정지 된 타깃을 공격했기에 이 정도지, 실제 전장에서는 원활하게 스탯을 쌓을 가능성은 다소 적어 보였다.

하지만 처음에 생각했던 것처럼 재사용 대기 시간의 초기화는 일종의 보너스 개념이다. 중요한 것은 거의 항시적으로 공격력과 기동력에 대한 버프를 유지한다는 것이었다.

그 점이 더 큰 메리트였다. 어쩌면 7에서 9중첩 정도의 상태가 되면, 재사용 대기 시간의 초기화보다는 현 중첩 상태의 유지를 바랄지도 모르겠다는 생각이 들었다. 다시 스탯을 쌓기가 어려울 수도 있기 때문이다.

＊　　　＊　　　＊

첫날은 무리하지 않았다.

동원과 이유리 모두 아직 빅 웨이브때 쌓인 피로가 완벽하게 풀리지는 않은 탓이다.

각자 변화된 자신의 모습을 확인하고, 익숙해지도록 적응하는 수준에서 훈련을 마친 두 사람은 다시 집으로 돌아왔다.

어느덧 밤이었다.

산속에서의 밤은 좀 더 일찍 찾아오게 마련이고, 주변은 온통 깜깜해졌다. 드문드문 밝혀져 있는 가로등만이 주변의 길을 밝혀주는 유일한 광원이었다.

"커피 한 잔… 어때요?"

"좋지. 요즘 부쩍 커피에 대한 욕심이 늘었거든. 예전에는 손도 안 댔었는데."

담배 대신 기호식품으로 선택한 커피는 동원의 입에 잘 맞았다. 금연을 하던 시점과 맞물려 이유리를 만났고, 자연스럽게 커피를 마시게 되었는데 맛이 좋았던 것이다.

"마침 괜찮은 코스타리카산 원두가 있거든요. 아니다, 샤워부터 해요. 땀 냄새 풀풀 풍기면서 커피를 마시는 건 주책인 것 같아요. 그렇죠?"

"후후, 확실히 그렇긴 하네."

두 사람 모두 단시간의 훈련이었지만, 강도가 높았던 탓에 땀에 흠뻑 젖어 있었다.

"오빠 먼저 씻어요. 그다음에는 제가 씻을게요. 샤워실은 여기."

이유리가 동원의 등 뒤로 보이는 욕실을 가리켰다. 그러자 동원이 개인실에서 속옷과 면 티를 챙긴 뒤, 이유리로부터 수건을 받아서는 성큼성큼 욕실 안으로 들어섰다.

"……."

이유리는 한동안 동원이 들어간 욕실에서 눈을 떼지 못했다. 그리고 뭔가 스스로에게 답답하고 복잡한 감정이 드는 듯, 후우— 하고 한숨을 내쉬었다.

두 가지 감정이 공존했다.

동원에게 기대고 싶었다.

지금까지 걸어왔던 국가대표 선수로서의 모든 삶을 버리고, 이제는 자의 타의에 관계없이 스피어러의 삶을 살 수밖에 없게 됐다. 그녀가 어렸을 적부터 키워온 양궁 선수의 꿈은 스피어러가 된 그 시점부터 이룰 수 없는 꿈이 된 것이다. 영광은 과거가 되었고, 스피어로서의 삶이 현실이 되었다.

하지만 아직 동원과의 모든 것이 조심스러웠다. 무엇보다도 동원의 속마음을 알 수 없었다. 날이 갈수록 동원에게 마음을 빼앗기고 있는 자신과 달리, 동원은 자신을 그저 편한 여동생 정도로만 생각하는 것 같았다. 아니면 스피어러 동료라든가.

정류장 앞에서 동원에게 포옹을 시도했던 것도, 이유리의 입장에선 용기를 내서 했던 행동이었다. 내심 동원의 격한 포옹을 바랐던 것이 사실이지만, 동원은 자신의 머리를 쓰다듬어 주며 가볍게 포옹을 하는 것으로 대신했다.

'오빠의 마음을 알고 싶어.'

이유리는 그렇게 생각했다. 거의 전부라고 해도 무방할 정도로 마음을 빼앗긴 그녀였다. 밀고 당기기 같은 기본적인 남녀 관계의 '정석' 과도 같은 것도 떠오르지 않았다. 그런 머리 아픈 생각은 하고 싶지 않다.

째깍째깍.

정적만이 감도는 집 안에서는 탁자에 놓인 시계 초침이 돌아가는 소리만 났다. 입이 점점 말라왔다. 이유리는 식탁 위에 미리 꺼내놓았던 물을 단숨에 들이켰다.

그리고 얼마가 지났을까? 샤워를 마친 동원이 젖은 머리를 털어내며 밖으로 나왔다.

그 순간, 참아야지 하고 생각했던 이유리의 마음이 와르르 무너져 내렸다. 그리고 자신도 모르게 동원에게로 달려가, 아직 열기가 가시지 않은 동원의 몸을 와락 끌어안았다.

"오빠."

"……."

동원은 자신의 품에 안긴 이유리를 바라본 채, 아무 말도 하지 않았다. 정류장에서 만났을 때부터 평소보다 유독 자신에게 적극적인 이유리를 느꼈던 동원이었다.

일주일에 가까운 시간을 단둘이서 보낼 수 있는 장소로 초대한 그녀. 물론 자신의 상황을 배려한 것임을 잘 알고 있었지만, 다른 의미로는 그녀나 자신이나 나이를 먹은 성인으로서 이런 사실이 어떤 것을 의미하는지도 잘 알고 있었다.

암묵적인 동의.

서로 호감을 가지고 있는 남녀가 어느 정도의 수준까지 서로를 받아들일 준비가 되어 있는지를 말하는 것이다. 여자의 몸을 원하는 남자라는 동물의 입장에선 당연하게 쾌재를 부를 수밖에 없는 그런 상황인 셈이다.

"오빠가 필요해요. 혼자서는 아직 헤쳐 나갈 준비가 되지 않았어요. 내가 준비될 때까지… 곁에서 도와줬으면 해요. 무리한 부탁이라는 건 알지만, 그래도 도와줬으면 해요. 그 이상으로 부탁하진 않을게요."

품에 안긴 이유리가 동원을 바라보며 말했다. 그녀의 눈가는 어느새 촉촉해져 있었다. 지금까지의 모든 노력들을 과거의 것으로 돌리고, 다시 새출발을 해야만 하는 자신이었다. 많은 것이 무섭고 두려웠다. 이런 자신에게 도움을 줄 수 있는 것은 동원뿐이었다.

"유리야."

자신의 이름을 부르는 동원의 목소리가 그 여느 때보다도 반갑게 들렸다. 머리칼을 쓸어내려 주고 있는 그의 왼손, 그리고 자연스럽게 자신의 왼손을 잡은 동원의 오른손. 굳은살이 가득 배긴 동원의 손이었지만, 오히려 그만의 강인함이 느껴졌다.

쪽.

자신도 모르게, 정말 감정이 이끄는 대로 이유리는 동원의 입술에 자신의 입술을 가져다 댔다. 부드러운 온기가 느껴진다. 그 순간, 자신의 머리카락을 쓸어내려 주던 동원의 왼손에 힘이 들어갔다.

오른손은 자연스럽게 이유리의 허리를 감싸고, 순식간에 그녀는 빠져나갈 수 없는 동원의 품속에서 그대로 모든 것을 맡겨 버렸다. 자신의 감정까지도.

적막이 감도는 가운데 두 남녀는 서로의 입술을 마주한 채로 느낌을 교감했다. 가벼웠던 입맞춤은 어느새 딥 키스로 변해갔고, 이유리는 동원이 더 깊이 느껴질 때마다 그의 허리를 꼭 끌어안았다.

그 와중에도 복잡한 생각이 들었다.

오빠가 날 가볍게 보는 것은 아닐까? 아직 연애도 해보지 못한 내가 이렇게 적극적으로 달려들어도 되는 걸까? 난 왜 솟구친 이 감정과 욕망을 절제하지 못한 걸까?

하지만 이 복잡한 생각들은 동원이 다시 한 번 깊은 키스를 이어오는 순간, 마치 존재하지도 않았던 것처럼 산산이 흩어져 버렸다. 흩어진 빈 자리에는 동원에 대한 애정만이 남았다. 이 남자를 꼭 내 곁에 두고 싶다는 생각, 그것밖에 없었다.

찌릿찌릿한 감정이 계속 맥동하는 심장과 함께 전신으로 뻗어져 나갔다. 그런 가운데 자신의 허리를 붙잡고 있던 동원의 거친 손길이 자연스럽게 옆구리를 지나 배로, 배를 지나 가슴 언저리로 올라왔다.

이유리는 두 눈을 꼭 감았다. 아무것도 생각하고 싶지 않았다. 술에 취한 것도 아니었고, 몸을 함부로 놀리고 싶은 것도 아니었다.

그저 동원에 대한 생각, 애정, 이 모든 것이 한데 어우러져 만들어낸 이유리의 욕망이고 또 다른 감정이었다. 그리고 스치듯 떠올랐던 서희의 모습도 이유리의 감정을 더욱 자극했다.

그녀 역시 동원에게 관심이 있어보였다. 남자는 여자의 그런 호감 신호에 무감각하지만 같은 여자의 육감으론 느낄 수 있다. 서희도 동원을 마음에 두고 있었다.

스르르륵.

어느새 올라온 동원의 손길이 다시 이유리의 옷 속으로 파고들어 위로 올라오려는 바로 그 순간. 동원이 모든 움직임을 멈추고 이유리에게서 조심스럽게 입술을 떼 냈다.

"이유리."

"…왜요?"

"정말 모든 것을 받아들일 준비가 된 거야?"

"그게… 무슨 말이에요?"

"말 그대로."

되묻긴 했지만, 동원의 말이 무엇을 의미하는지 이유리는 알고 있었다.

뭔가 남녀의 자리가 역전된 느낌이었다.

달려드는 남자, 거기에 제동을 거는 여자. 이것이 보편적인 남녀의 모습이었다. 하지만 자신은 달랐다. 제동을 건 것은 자신이 아닌 동원이었다.

"……."

이유리는 말을 잇지 못했다. 어떤 말을 해야 할지 알 수 없어서다. 자신은 너무 많은 것이 서투른 여자였다. 감정의 선이 어느 정도가 빠른 것이고, 느린 것이며, 얕은 것이고, 깊은 것인지 알지 못했다.

"네 마음을 알아. 나 역시도 네게 호감 이상의 감정이 있는 것은 사실이야. 거짓말은 하지 않을게."

동원은 솔직하게 이유리에게 자신의 감정을 표현했다.

지금 가장 먼저 떠오르는 이성이 누구냐고 묻는다면, 동원은 주저 없이 이유리를 말할 수 있었다.

안면이 있는 서희나 편의점에서 일하던 김윤미, 항상 퇴근 길을 함께했던 김단비도 지금은 그의 생각에선 한참 밖에 있는 사람들이었다.

"그리고 지금 내게 얼마나 적극적으로 감정을 표현한 것인지도 잘 알고 있어. 우리는 알 것 다 아는 나이고, 서로가 원하면 얼마든지 육체적인 교감을 나눌 수도 있을 거야."

교감.

남녀 간의 사랑, 섹스(Sex)를 에둘러 표현한 동원의 말이었다.

이유리는 동원을 바라본 채, 아무 말도 하지 않았다. 동원은 계속해서 말을 이어나갔다. 그녀는 순수하고 여리다. 때로는 차갑게 느껴질 때도 있지만, 그것은 그녀가 표현에 서툴러서 그런 것임을 동원은 잘 알고 있었다. 이런 상황을 누가 리드해 나가야 할지도.

"하지만 유리의 마음이 아직 준비되지 않은 거라면, 그리고 잠깐의 충동 때문이었다면⋯ 이 정도가 좋지 않을까. 급할 건 없으니까. 서로에 대한 마음을 아는 게 가장 중요하니까. 그렇지?"

"오빠⋯⋯."

자신을 더 깊게, 그리고 더 멀리 내다보고 생각해 주는 동원의 마음이 이유리는 고마웠다. 순간의 감정에 휘말려 동원에게 마음과 몸, 모든 것을 허락하려 했던 것이 부끄러울 정도로.

이것은 자존심이 상할 일이 아니었다. 그만큼 자신을 생각하고 아껴주는 동원의 마음을 확인한 것이다.

"이리 와. 안아보자. 걱정 마. 내가 힘이 닿는 그 이상으로 도와줄 테니까. 앞으로 각오 단단히 하고, 헤쳐 나갈 수 있게 준비하자."

"고마워요⋯⋯."

이유리가 동원의 품속 깊이 안겼다. 동원은 그런 이유리를 넓은 어깨, 그리고 단단한 몸으로 꼭 끌어안아 주었다. 그녀가 빠져나갈 빈틈조차 없도록.

그렇게 두 사람은 한참 동안 서로를 껴안은 채, 아무 말도 없었다. 이유리는 품속에서 조용히 뜨거운 눈물을 흘렸다. 미래에 대한 불안함, 꿈을 잃은 허탈감, 그리고 다짐이 함께 묻어난 눈물이었다.

제2장
**얼티밋(Ultimate)**

그날 이후.

동원과 유리는 부쩍 더 가까워졌다.

하루 일과 중에서 아침, 점심, 저녁과 잠깐의 티타임을 즐기는 시간을 제외하고는 두 사람 모두 인적이 아예 없는 산속에서 끊임없이 훈련을 거듭했다.

동원은 훈련 도중에 휴식 시간이 생길 때마다, 이유리에게 많은 이야기를 들려주었다.

가장 먼저 들려준 이야기는 넉넉하지 않다 못해, 가난하기까지 했던 복서로서의 삶을 그만두고 파트타임으로 술집에서 일하게 되었던 때의 이야기였다.

동원은 다른 그 무엇보다 자신의 목표를 설정하는 것이 가장 중요하다는 것을 알려주었다. 목표가 있다는 것, 그것은 동기를 부여할 만한 목적이 있음을 의미하고, 앞으로 나아갈 원동력이 되기 때문이다.

동원은 끊임없이 연구하고 더 강해져서 앞으로도 있을 몬스터 웨이브는 물론이거니와 자신을 포함해 주변 사람들을 충분히 지킬 수 있을 힘을 가지는 것이 목표라고 했다. 더 나아가 스피어러로서 이를 수 있는 최고의 경지에 이르는 것도.

동원은 이유리에게도 목표를 세울 것을 주문했다. 그녀의 생각도 자신과 크게 다르지 않았다. 24년의 꿈을 접고 새 출발을 하게 된 이상, 반드시 스피어러로서의 삶을 성공적으로 이끌어 나가고 싶다는 것이 이유리의 생각이었다.

동원은 이유리의 사소한 고민부터 모든 것을 들어주었다. 그래야만 했다. 이유리가 지금 인생에서 가장 크고도 중대한 전환점을 맞이했으며, 그때 힘을 실어줄 조력자가 필요하다는 사실을 누구보다도 잘 알고 있었기 때문이다.

이유리는 국가대표 선수 생활을 하던 시절보다 더 타이트하게 훈련 일정을 짜고, 자신에게 주어진 스피어러로서의 능력을 끌어올리는데 전력을 다했다.

이따금씩 그녀가 감정의 변화에 휘말려 힘들어할 때면 그녀를 안아주거나 따뜻한 말로 위로해 주고, 서툰 솜씨지만 요리를 만들어 주기도 했다. 이유리는 동원과 보내는 모든 시간을 즐거워했다.

시간은 빠르게 닷새가 흘렀다. 그사이 퀘스트를 수행하며 E랭크 10단계가 된 동원은 승급전 자격을 얻은 상태로 하드 모드를 준비했다.

이유리는 D랭크 8단계가 됐다.

그녀는 대기 시간이 채워질 때마다 퀘스트를 수행하기 위해 입장하지 않고, 시간적 여유를 두었다. 점점 어려워지는 퀘스트의 난이도가 몸으로 느껴지기 시작했기 때문이다. 그녀는 신중하게 좀 더 만반의 준비를 갖춘 다음에 퀘스트에 도전하고 싶었고, 동원은 그런 이유리의 판단을 존중해 주었다. 서둘러서 좋을 것은 없다.

"오빠, 먼저 잘게요. 너무 늦게까지 무리하지 마요."

"얼른 자. 오늘도 고생 많았어."

"오빠."

"응?"

"고마워요, 큰 힘이 되어줘서."

쪽.

이유리가 동원의 볼에 입을 맞추고는 얼굴을 붉히며 종종 걸음으로 개인실 밖으로 사라졌다. 저런 가벼운 감정 표현에도 부끄러움을 느끼는 이유리가 첫 번째 날, 과감하게 다가왔던 것을 생각하면 웃음이 나는 동원이었다.

그때 자신이 했던 말을 후회하지는 않았다. 누군가는 여자와 잘 수 있는 좋은 기회를 놓친 바보라며 손가락질할지도 모르겠지만, 그 여자가 내게 소중한 사람이 될 수도 있는 존재라면 기다려 줄 수도 있는 게 남자라고 동원은 생각했다. 아주 오래된 생각이기도 했다.

동원은 이유리의 개인실에서 메일을 확인하고 있었다. 이유리의 집으로 온 뒤 처음으로 열어보는 메일이었다. 아마 대부분의 메일들이 스팸메일이거나, 혹은 방송사나 언론사 등에서 보낸 섭외 메일이겠지만 혹시나 다른 내용들이 있지 않을까 싶어 접속해 본 것이다.


안녕, 동원. 케인이야. 이 메일을 확인할지는 모르겠지만 혹시 몰라서 보내둔다.


그때 수많은 스팸 메일과 섭외 요청 메일의 향연 속에서 익숙한 이름이 눈에 들어왔다.

케인.

자신과 하드 모드의 단체 퀘스트를 수행했던 외국인 동료였다. 이후로도 계속 연락을 유지하면서 이메일로 소식을 주고받았던 그가 모처럼 연락을 해온 것이다.

얼마 전까지 영문으로 메일을 보낸 탓에 번역기를 돌리느라 한참을 고생해야 했었는데, 한글로 적힌 메일이라니. 한국인 여자 친구라도 생긴걸까? 동원은 호기심에 가득 찬 눈빛으로 메일을 클릭했다.

한국에서 네임드를 제거했다는 소식을 들었다. 각 나라마다 선택받은 한 사람만이 해낼 수 있는 의미 있는 경험, 아니 아주 대단한 일을 해냈더군. 축하한다.

오랜만에 보내는 메일이라 의도가 나쁘게 보일지 모르겠지만, 사실 별것 아닌 안부 메일이다. 다만 전에는 인사 정도로 언젠가는 꼭 보자고 얘기를 했었는데, 어쩌면 그리 머지않은 시간에 널 만날 일이 생길지도 모르겠다.

어쩌면 우리 클랜 쪽에서 네게 접촉하려 할 수도 있을 것 같거든. 괜찮은 제안이 있어. 물론 네가 원치 않는다면 쓸모없는 제안일 수도 있으니, 편한 대로 받아들이면 돼.

아직 확정적인 것은 아냐. 다만 혹시나 너와 접촉하기 위해 한국으로 행선지를 잡게 된다면, 당연히 너를 볼 수 있지 않을까 해서. 내가 직접 갈 것 같거든.

이후에 클랜 차원에서 건넬 제안은 원치 않는다면 거절해도 괜찮다. 전적으로 네 의사를 존중할 거니까.

　다시 한 번 축하한다. 동원. 너를 알고 있다는 사실이 그 여느 때보다도 자랑스럽게 느껴진다. 꼭 죽지 말고 살아 있어라. 다시 만나자.


　"번역기 정도로 돌린 내용이 아닌 것 같은데. 정말 누가 도와줬거나, 아니면 번역에 관련된 물품 같은 게 있는 건가?"

　약간 말투 자체가 딱딱한 구석은 있었지만, 필요한 내용들은 모두 오탈자 없이 적혀 있던 케인의 메일이었다. 어떻게 이런 한글 메일을 보냈는지는 나중에 물어보면 될 일이다.

　동원이 메일에서 유심히 살핀 것은 미국에서 스피어러로 활동하고 있는 케인이 자신에 대한 이야기를 꺼냈다는 것이다.

　미국의 돌아가는 상황을 자세하게 알아본 것은 아니지만, 사실 대다수의 국가에서 특정 클랜이 이권을 독식하는 현상이 두드러지고 있음은 동원도 잘 알고 있었다.

　전해 듣기로 미국은 이런 상태가 더 심각하다고 했다. 대한민국과는 비교도 안 되는 거대한 땅덩어리지만, 그 거대한 땅덩어리 위에 만들어진 거대한 클랜 세 개가 전체를 장악해 버린 것이다.

　그중에 하나가 바로 케인의 소속 클랜이었다. 그래서 그가 건넬 것으로 생각되는 제안이 나쁠 것 같지는 않아 보였다.
겸사겸사 케인을 만날 수도 있을 것이다.

오랜만에 온 케인의 연락은 반가웠다. 아마 이후의 일정이
확정되면, 그의 꼼꼼한 성격상 연락이 빠르게 다시 올 것이
다. 그때까지 메일 확인만 주기적으로 잘해준다면 곧 다음 소
식을 들을 수 있을 터다.

*        *        *

밤은 더욱 깊어가고, 집안의 모든 불이 꺼져 사방은 온통
깜깜했다. 이미 새벽에 접어든 시간이었지만, 동원은 노트북
을 통해 세상의 소식들과 스피어러 커뮤니티에 올라오는 이
야기들을 자세히 살피고 있었다.

예상했던 대로 자신에 대한 기사들은 극히 제한적인 정보
로 적히고 있었다. 아무도 인터뷰를 하지 못했다 보니 추측성
의 기사가 대부분이거나, 혹은 동원의 과거의 삶을 다룬 기사
들이 쏟아져 나왔다.

자연스럽게 복서로서 살았던 과거도 알려지고, 파트타임
생활을 하며 지냈던 시간도 알려졌다. 그 바람에 괜히 죄 없
는 예전 술집 사장님이 인터뷰에 시달리는 일도 생겼다.

―강동원 씨는 어떤 사람이었습니까?

―강동원 씨가 그때부터 이런 사람이 될 것으로 예측하고 계셨나요?

　빗발치는 질문들, 하지만 답은 한정적이었다. 그러다 보니 자연스럽게 동원에 대한 관심이 사그라져 갔다. 이슈가 될 만한 사람들은 충분히 많았다.

　동원 다음으로 스포트라이트를 받은 것은 역시 김혁수였다. 김혁수는 자신에 대한 관심을 이용해 클랜 가온을 더욱 적극적으로 홍보했고, 많은 수의 스피어러가 서울 스퀘어에서 있었던 대규모 전투에 대한 이야기를 듣고 가온에 가입했다.

　김혁수가 수많은 스피어러를 진두지휘하며 성공적으로 전투를 이끈 사실이 알려졌기 때문이다. 게다가 스페셜 스피어의 등장으로 포탈에 대한 관심이 더욱 높아졌고, 자연스럽게 포탈 통제에 가장 큰 영향력을 행사하고 있는 가온이 주목을 받았다.


　한편, 군(軍)에서는 군인 중 스피어러가 된 사람들을 선별하여 편성한 특수부대가 생겨났다. 그들은 군의 전폭적인 지원과 집중적인 관리를 받았다.

　하지만 결국 군에 소속된 스피어러의 수가 많은 것은 아니었고, 퀘스트를 수행하는 과정에서 죽어 없어지는 군인들도 상당했다. 심지어는 군인 스피어러를 관리하기 위해 배정된 상관이 죽는 일도 있을 정도였다.

이렇게 스피어러로서의 삶은 변수가 많았다. 유명한 클랜의 리더라고 해서 무적이고 불사신인 것은 아니었다. 항상 목숨을 잃을 수 있는 가능성을 염두에 둬야 했고, 실제로 몇몇 클랜들은 리더가 죽는 바람에 와해되는 일도 있었다.

정부는 포탈을 통제하고 있는 군부를 포함한 모든 통제 클랜에게 포탈 주변을 더욱 효과적으로 관리하기 위한 지원을 아끼지 않을 것임을 밝혔다.

점점 변이체의 규모가 커지고, 강해지고, 다양해지면서 몇몇 포탈 등지에서는 스피어러 전원이 몰살당하고 변이체들이 시가지로 뛰쳐나오는 일이 종종 있었던 것이다.

정부는 이를 '방벽 구축 사업'이라고 불렀다. 말 그대로 포탈 주변의 일정 공간을 완벽하게 둘러싸는 거대한 콘크리트 벽을 만드는 일이었다.

그 대신 통로 역할을 할 빈틈을 만들어두고, 그 위치에 스피어러들을 집중적으로 배치함으로써 수비와 공격을 용이하게 만들겠다는 의도였다.

정부의 결정은 스피어러들과 시민들, 그리고 클랜의 환영을 받았다. 방벽 구축 사업을 위해 특별 예산이 편성됐고, 국회에서는 만장일치로 이를 통과시켰다. 다른 것을 생각할 겨를이 없었기 때문이다.

덕분에 빅 웨이브가 끝난 직후, 전국 각지의 포탈 근처에서는 공사가 한창이었다. 서울과 지방 할 것 없이 방벽 구축 사업이 시작됐고, 중요한 포탈들은 가벽(假壁)의 개념으로라도 우선적인 방어선이 만들어졌다.

괄목할 만한 변화였다.

확실히 방벽이 구축되기 시작하면서 클랜들도 포탈을 통제하는 것이 더욱 원만해졌다. 예전처럼 전방향에 스피어러들을 배치하지 않아도 됐던 것이다.

물론 속단할 수는 없었다. 구축된 방벽은 언제든 무너질 수 있는 것이었고, 빅 웨이브에서 보았던 악어 변이체처럼 단단한 육체를 지닌 녀석들이 강제로 충돌을 일으켰을 경우에는 단계적으로 무너질 가능성도 있었다.

하지만 분명 예전보다는 큰 변화였다.

*       *       *

이유리의 집에서 머문지 일주일이 지나고, 예정대로 그녀의 부모님이 귀국했다.

동원은 그녀가 부모님과 앞으로의 삶에 대한 이야기를 원만히 매듭지을 수 있도록 힘을 실어주었다. 그녀 스스로 다시 한 번 미래에 대한 가이드라인을 세우고, 확신을 세울 수 있도록 했다.

이유리는 동원의 도움을 받지 않고 부모님과 직접 담판을 짓고 싶다고 했다. 동원 역시 이유리와 생각이 같았다. 비록 동원이 언론을 통해서 이름이 알려진 유명인이 된 것은 사실이지만, 결국 이 문제는 이유리와 그녀의 부모님이 대화를 통해 해결할 가족 사이의 문제였다.

다만 한 가지 확실한 것은 이제 더 이상 이유리는 국가대표 선수로 활동하고 싶어도 그럴 수 없다는 것이다. 냉정한 현실이지만, 스피어러가 된 '특별한 능력자'가 된 그녀의 삶이기도 했다. 아울러 앞으로 올림픽이나 월드컵 같은 이런 국제적인 행사들이 제대로 이뤄질지도 의문이었다.

당장에 스피어러들에 대한 관리와 치안 유지, 변이체 대비 등으로 골머리를 썩고 있는 각국의 정부는 내부 단속을 하기에도 바빴다. 이런 전 지구적인 행사는 사치라는 것이 보편적인 시선이었다.

이유리가 부모와 대화를 나누며 담판을 짓는 동안, 동원은 자신이 원래 살던 집으로 다시 돌아왔다. 밤의 길거리는 한산했고 집 근처는 늘 그랬던 것처럼 어두웠다.

일주일 전과 달리 인산인해를 이루던 취재진들은 사라져

있었다. 이미 동원에 대해 보도할 거리들은 충분히 알려진 상황이었고, 김혁수의 입을 통해 필요한 알맹이들이 기사화됐기 때문이다.

결국 김혁수도 동원이 있었던 서울 스퀘어의 전장에 있었던 사람이자 유명인이었고, 그에게서 동원에 대한 이야기를 전해들은 것으로도 기사는 충분히 만들어졌다.

그래서인지 일주일 전의 광풍이 무색할 정도로 집 근처는 한산하고 조용했다.

이유리와 보냈던 일주일간의 산속 본가에서의 생활도 나쁘지 않았지만, 그래도 가장 편한 것은 집이었다. 비록 작은 집이었지만 성인이 된 뒤로 8년을 넘게 살아온 집이었다.

동원은 그동안 쌓인 밀린 빨랫감들을 세탁기에 넣어 돌리고는 바로 집 밖으로 나섰다. 이유리도 부모와의 대화가 끝나면 원래의 자취방으로 돌아오겠다고 했으니, 기다리면 알아서 연락이 올 터다.

그동안 동원은 김윤미를 만나볼 생각이었다. 어찌된 일인지 그날 이후로 그녀에게서 연락이 없었던 것이다. 두 번 정도 연락을 더 해봤었지만, 돌아온 것은 '용무 중이니 나중에 연락드리겠습니다' 라는 자동 회신 문자가 전부였다.

생각해 볼 수 있는 최악의 상황, 이를테면 그녀의 죽음이라든가가 있겠지만 그건 아닌듯하다. 그랬다면 자동 회신 문자를 보낼 수도 없었을 테니까.

그렇다고 동원이 김윤미와 거리가 멀어질 만한, 혹은 연락을 끊어야 할 만한 일을 했던 것도 아니었다. 이유가 뭘까. 동원은 편의점으로 발길을 돌렸다. 지금쯤이면 그녀가 출근해서 일을 할 시간이었으니까.

딸랑딸랑.

동원이 문을 열자, 익숙한 편의점 출입문에 매달린 종소리가 들렸다.

"어서 오세요."

그리고 익숙한 목소리가 들린다. 김윤미의 목소리다.

"윤미 씨."

"아, 동원 씨… 오셨네요."

인사를 하는 김윤미의 표정이 밝아 보이지 않았다. 평소 같았으면 반갑게 자신을 맞이해 줬을 김윤미의 얼굴에는 어두운 느낌이 가득했다.

"연락이 어렵네요. 걱정했는데, 그래도 건강한 모습을 보니 다행이군요."

동원은 연락이 안 된 것에 대해서는 그녀에게 무어라 하지 않았다. 소식을 알 수 없어서 답답하긴 했지만, 건강한 것을 확인했으니 상관없었다. 다만 그녀의 표정이 신경이 쓰인다.

자신을 대하고 있는 것 자체도 부담스러워하는 느낌. 도대체 왜일까?

빅 웨이브를 대비하기 이틀 전만 해도, 자신과 스피어러로서의 정보를 공유하며 적극적으로 미래를 대비하는 모습을 보여주었던 명랑한 그녀였다. 하지만 지금은 무척이나 자신을 비롯한 주변의 모습에 신경을 쓰는 눈치였다.

동원이 혹시나 하는 마음에 시선을 살짝 돌리니, 편의점 한쪽에서 컵라면을 먹고 있는 두 명의 여자들이 보였다. 언뜻 보기엔 별다를 것 없는 평범한 성인 여자지만, 이 동네 사람은 아닌 듯해 보였다.

"동원 씨, 한 시간 정도 뒤에 담배 사러 다시 오실래요? 재고를 들여놔야 하거든요. 그때까지 제가 담배를 준비해 놓을게요."

"알겠습니다."

그녀는 기억력이 좋은 사람이다. 담배를 끊었다는 것은 그날의 만남에서 알려주었기 때문에 분명히 알고 있을 그녀다. 그런데 자신에게 담배를 준비해 놓겠다고 한 그녀의 말에는 무언가가 있는 것이다.

동원은 이상하게 느끼는 것 같은 기척 없이, 바로 자연스럽게 고개를 끄덕였다.

"한 시간 뒤에 다시 사러 올게요. 매번 피는 거 알죠? 그걸로 준비해 줘요. 두 갑."

"알겠어요."

동원이 편의점 문을 열고 나섰다. 그리고 뒤를 돌아보니, 컵라면을 먹고 있던 두 여자가 자신을 매서운 눈빛으로 노려보고 있었다. 느낌이 뭔가 심상치 않다.

미행? 감시?

짐작 가는 것은 아직 없었다. 다만 김윤미의 신변에 이상이 생긴 것은 확실해 보였다.


동원은 집으로 돌아가지 않고, 근처에서 편의점 쪽을 지켜보고 있었다. 마음 같아서는 편의점으로 다시 돌아가 김윤미를 데리고 나오고 싶었다. 확실히 느낌이 좋지 않았기 때문이다.

하지만 김윤미가 자신에게 직접적으로 SOS 요청을 하지 않고, 간접적으로 신호만 주었다는 것은 분명 다른 어떤 상황이 있기 때문일 것이란 생각이 들었다. 오히려 자신이 적극적으로 개입했다가 일을 그르칠 수도 있겠다는 생각을 한 것이다.

편의점 안에 있는 두 여자의 시선이 닿지 않는 사각지대까지 빠져 있다 보니, 거리가 가깝지는 않았다. 어렴풋이 보이는 모습으론 계속해서 두 여자가 컵라면을 먹는 모습이었고,

이따금씩 손님들이 들어올 때마다 시선을 향했다가 돌렸다.

김윤미는 부지런히 창고 안을 들락날락하고 있었는데, 그때마다 비어 있던 공간에 물건들이 채워졌다.

그렇게 시간이 흐르기를 30분여.

한 남자가 안으로 들어서더니 카운터 안쪽으로 들어가 김윤미와 대화를 주고받았다. 그리고 자연스럽게 옆에 놓여 있던 유니폼으로 갈아입는 것으로 보니 교대자인 모양이었다.

이 시간은 김윤미가 일하고 있어야 할 시간인데 다른 사람이라니, 뭔가 느낌이 좋지 않았다.

부우웅!

그러는 사이 밴 한 대가 어느새 골목길에서 우회를 하며 나타나더니 편의점 앞에 섰다. 그러자 여자 둘이 자연스럽게 옷을 갈아입고 나온 김윤미의 옆으로 붙었다.

심상치 않은 상황. 동원은 최대한 기척이 나지 않게 하면서 빠르게 밴 쪽으로 움직이기 시작했다.

"……."

그때, 동원의 눈이 김윤미의 눈과 마주쳤다. 밴에 타기 전, 마주친 시선이었다. 동원이 더 속력을 내려고 하자 김윤미가 자신을 바라보며 고개를 저었다. 그리고 눈짓으로 편의점 안쪽의 남자 직원을 가리켰다.

그녀는 혹여 자신이 더 가까이 올 것을 걱정했는지 재차 고개를 저으며 신호를 보냈다. 그녀는 확실하게 동원에게 눈빛으로 말하고 있었다. 가까이 오지 말라고.

동원은 느낄 수 있었다. 우선 그녀가 완전한 위험에 처한 상황은 아니다. 그랬다면 앞뒤 가리지 않고 그녀의 소환수인 백랑을 불러냈을 것이다. 하지만 그러지 않았다는 것은 어떤 이유에서든 싸우지 않기로 판단했음을 뜻한다.

동원은 어둠 속으로 몸을 숨겼다. 그러는 사이 김윤미와 두 여인이 차례대로 밴에 올라탔고, 밴은 그녀를 태운 채 어디론가 사라져 갔다.

시야에서 완벽하게 밴이 사라진 뒤, 동원은 편의점 안으로 들어섰다. 그러자 교대를 마친 남자 직원이 환한 미소와 인사로 동원을 맞았다.

"담배 두 갑, 있습니까?"

"아, 윤미 씨가 준비해 놓았던 그 담배 말씀하시는 거죠?"

"예, 그렇습니다."

"여기 있습니다. 포장을 뜯어서 주는 걸 좋아한다고 하셔서 포장이 뜯어져 있어요. 괜찮으실까요?"

"물론입니다."

"9,000원입니다."

보통 비닐 포장이 된 신품 상태로 담배를 파는 것이 일반적이지만, 김윤미는 어떤 이유에서인지 포장을 뜯어 놓았다. 동원은 이 안에 그녀가 전하는 어떤 메시지가 있을 것이라 생각했다. 동시에 교대할 필요가 없는 시간이 이루어진 교대가 마음에 걸려, 남자 직원에게 물었다.

"혹시 윤미 씨, 내일도 출근합니까?"

"아닙니다. 오늘이 마지막으로 일하는 날이었어요. 그래서 인수인계가 오늘 완벽하게 이뤄진 겁니다. 내일부터는 제가 있을 겁니다, 손님. 한데 그러고 보니……."

동원과 대화를 나누던 남자 직원이 동원을 알아본 듯, 자세히 동원을 살피기 시작했다. 유명인이 된 만큼, 뉴스를 한 번이라도 본 사람이면 모를 리 없었다.

"수고하세요. 담배, 감사합니다."

"아, 아, 아닙니다. 자주 들러주세요."

남자의 인사를 뒤로하고, 동원은 빠르게 편의점을 나섰다. 내일부터 출근하지 않는 김윤미. 과연 무슨 일이 있는 걸까.

한편으론 다행이란 생각도 들었다. 오늘 이 편의점을 찾아오지 않았더라면, 김윤미의 얼굴조차 볼 수 없었을 테니까.

동원은 우선 집으로 돌아가 그녀가 담뱃갑 속에 남겼을 메시지를 살펴보기로 했다.

\*　　　\*　　　\*

집으로 돌아온 동원은 커튼을 확실하게 쳤다. 가능성은 적어 보였지만, 혹시나를 대비한 안배였다.

담뱃갑을 열고, 동원은 안에 있던 담배를 모두 털어냈다. 어차피 피우지 않을 담배니 상관없었다. 그러자 담뱃갑 안쪽 속지에 붙어 있는 작은 메모지가 모습을 드러냈다. 아슬아슬하게 잘 붙어놔서 그냥 쓱 보면 있는지도 모르게 잘 붙여놓은 메모지였다. 동원은 바로 내용을 살폈다.

메모지 안에 적힌 글씨들은 흘겨 쓰듯 어지럽게 이어져 있었다. 하지만 내용을 확인할 정도는 됐기에 동원은 빠르게 내용을 읽어나갔다.

동원 씨, 다행히 이 메시지를 전할 수 있게 됐네요. 창고를 정리하면서 틈틈이 쓰고 있어요. 다행히도 이 안까지는 들어오지 않네요.

저는 지금 감시 아닌 감시를 당하고 있어요. 동시에 가족들의 안전 역시 위협받고 있어요. 지켜보던 두 여자는 제가 소속된 클랜의 사람들이에요. 저를 안전하게 데려가겠다고 온 사람이지만 감시에 가깝죠. 외부 클랜 혹은 외부인과는 마음대로 대화를 할 수도 없으니까.

걱정할까 봐 미리 말해둘게요. 지금은 일단 안전해요. 저 사람들이 내 가치 자체를 높게 평가하고 있거든요. 이 사람들, 로즈마리(Rosemary) 클랜의 사람들이에요. 아직 수면 위로 들어나지 않은 문제가 많은 클랜이죠. 그걸 미리 알았어야 했는데… 언니동생처럼 저를 챙겨주고, 극진히 대접해 주는 모습에 마음을 열어버린 게 실수였어요.

이 클랜, 정말 이상한 것이 많은 클랜이에요. 확인하지는 못했지만, 다른 스피어러들에게서 스피어나 무기를 탈취한 적도 있다고 해요. 특히 리더 이세경, 이 사람은 다른 상위 클랜에 연줄이 있는 것 같았어요. 그런 행동에 거리낌이 없더군요.

나를 받아들이면서 동시에 부모님에게 사람을 붙여놨다고 했어요. 다른 클랜에서 부모님에게 해코지를 할 수도 있으니까. 하지만 저는 보호가 아닌 감시와 위협이 목적이라고 생각해요. 제가 빠져나갈 수 없도록.

좋은 클랜이 아니에요. 곧 빠져나올 생각인데, 좋은 타이밍을 잡지 못하고 있어요. 좋은 때를 잡고, 부모님의 안전을 확인한 다음에 빠져나와야 하는데… 여기서 동원 씨의 도움이 필요해요. 저는 일단 그동안 이 사람들 틈에 섞여서, 이 클랜이 도대체 어떤 곳이고 무엇이 문제인지 좀 더 파악해 볼게요.

그 전까지 혹시 제가 살아 있는지 궁금하거나 하시면 전화해 주세요. 받을 수는 없지만, 이전처럼 자동 회신 문자는 보낼 수 있어요.

혹시나 해서 부모님이 살고 계신 집 주소를 적어둬요. 동원 씨, 정말 미안해요. 이렇게 일방적으로 도움만 요청해서… 만약을 위한 도움 요청이에요. 일차적으로는 제가 어떻게든 해결해 볼게요. 어떻게든.

"……."

내용을 읽고 난 동원의 표정이 일그러졌다. 로즈마리, 이름
은 들어본 적이 있었다. 여성 스피어러가 리더인 클랜이 여럿
있었고, 그중에 로즈마리도 있었기 때문이다.

블랙 헌터의 리더 서희, 팀 헤라(Team Hera)의 리더 신유
나, 로즈마리의 리더 이세경 모두 여자였다. 팀 헤라와 로즈
마리는 10위 안에 들어가는 클랜이기도 했다.

그런 클랜 중 하나가 보호를 가장한 감시, 위협으로 클랜원
을 관리하고 있다는 사실은 충격이었다. 동시에 그 피해자가
김윤미라는 사실이 동원을 분노케 했다.

하지만 김윤미가 남긴 말이 있어 동원은 일단 안심했다. 불
안한 상황인 것은 맞지만, 적어도 그녀 스스로 몸을 지킬 수
있는 상황은 되는 것 같았다.

동원은 우선 서희에게 연락을 해보기로 했다.

그녀는 클랜의 리더고, 현재 대한민국 내에 존재하고 있는
클랜들의 관계라던가 내부 정보에 어느 정도 줄이 있는 만큼
로즈마리 클랜에 대한 정보를 얻을 수 있을 것 같았다.

―여보세요?

"서희 씨, 어디죠?"

―아니, 이렇게 야심한 새벽에… 동원 씨에게서 연락을 받

다니 좀 의외네요. 물론 비즈니스적인 용무일 것 같지만 말이죠?

서희가 살짝 말꼬리를 올렸다. 내심 아니길 바라는 눈치다. 물론 그녀는 그 말을 하면서도 당연히 그럴 리 없다는 것을 잘 알고 있었다. 동원은 자신에 대해서만큼은 확실하게 선을 긋는 것 같았으니까.

"잠깐 만날 수 있을까요? 물어보고 싶은 게 있어요. 새벽에 실례라는 것을 알지만, 지금 이야기를 할 수 있었으면 합니다."

—음, 알겠어요. 돌아온 거예요?

"예, 돌아왔습니다."

—그럼 바로 볼 수 있겠네요. 포탈 근처의 원룸이거든요. 바로 보죠.

동원의 딱딱한 목소리에 서희는 뭔가 심상찮은 일이 생겼음을 알고는 바로 자리에서 일어나 옷을 챙겨 입었다. 그리고 지체 없이 집 밖으로 나섰다.


길거리 한가운데에서 만난 두 사람은 바로 본론부터 주고받았다. 그리고 순식간에 많은 이야기가 오고갔다.

"최근에 알려진 소식이에요. 로즈마리 쪽에서 요즘 이야기가 많아요. 통제권이 없는데도 불구하고 통제권이 있는 것처럼 위장해서 기존의 스피어러들을 몰아내기도 하고, 보호비 명목으로 주변 일반인들에게서 돈을 받기도 한다더군요. 윤미 씨가 어떤 분인가 했는데… 기록을 보니 남아 있네요. 우리 포탈에서 빅 웨이브를 막아내는 데 힘을 보탰고, 음… 테이머? 능력이 특이한 분이네요?"

"그래서 그쪽에서 관심을 가진 모양입니다. 보호라는 명분 아래 사생활까지 모두 통제당하고 있어요."

"알아볼게요. 이런 건 최대한 은밀하게 알아보지 않으면 정보원들 사이에서도 정보가 새버려요. 그럼 당사자가 매우 위험해지죠. 빠르게 알아볼게요. 로즈마리 내부에 쓸 만한 소식통이 하나 있으니."

"안이라면?"

"네, 안에요. 로즈마리 클랜 사람."

동원의 물음에 서희는 대수롭지 않은 표정으로 답했다. 다른 클랜에 정보원을 심어둔다는 것은 쉽지 않은 일이다. 자칫 발각될 경우 심각한 문제로 비화될 수 있기 때문이다.

하지만 서희는 이런 식으로 배치시킨 정보원들이 꽤 많았다. 심지어는 가온 내에도 있을 정도였다. 물론 서희는 자신의 클랜 내에 타 클랜의 스파이 노릇을 하는 사람이 있을 것이라고 생각하고 있었다. 그래서 믿을 만한 규현을 제외하고는 중요한 작전이나 계획은 미리 공지하지 않았다. 유비무환이라 생각했기 때문이다.

"음……."

"제가 볼 때, 지금 동원 씨는 포지션을 잘 잡아야 해요. 윤미 씨를 걱정하는 것은 알겠지만, 아마 클랜 내에서 문제 요소라 판단했으면 진작에 윤미 씨를 죽였겠죠. 그 능력을 높게 보고 있는 거예요. 그러니 적극적으로 움직일 필요는 없다고 봐요. 내부의 정보원을 통해서 윤미 씨의 상태를 계속 확인하고, 정말 필요한 경우에는 긴밀하게 연락을 넣을 수 있도록 해볼게요."

"저도 그렇게 생각합니다. 그렇게 부탁드립니다."

서희의 말에 동원이 고개를 끄덕였다. 답답하지만 그게 최선의 방법이었다.

동원은 서희가 필요한 정보들을 수집해 알려줄 때까지 기다려보기로 했다. 김윤미의 안전은 그녀가 말한 것처럼 전화를 걸어보면서 확인하면 될 것이다.

그리고 동원은 시간이 되는 대로 김윤미의 부모님이 살고 있는 집 근처를 답사해 볼 생각이었다. 직접적으로 모습을 드러내는 것은 좋지 않을 테니, 가급적 은밀하게 다녀올 생각이었다.

\*　　　\*　　　\*

시간은 그렇게 열흘을 훌쩍 넘겼다.

동원은 그동안 E랭크 10단계의 승급전 자격을 유지한 채로 하드 모드 퀘스트를 착실히 수행해 나가며 내실을 다졌다.

김윤미에게 꾸준히 연락을 넣어 안전을 확인했고, 서희는 동원이 부탁한 로즈마리 클랜에 대한 정보를 알아보는 한편 클랜의 업무, 그리고 클랜 단위의 단체 퀘스트를 수행해 나갔다.

그러던 중, 상당히 관심을 끄는 요소를 발견할 수 있었다. 스페셜 스피어를 이용해 스페셜 퀘스트를 발동, 특수한 던전을 개방하는 방법이 있었던 것이다. 서로간의 커넥팅을 통해 단체 퀘스트로 발동이 되는 것은 기존과 동일하지만, 내부 보상과 난이도를 높일 수 있는 특별한 퀘스트였다,

첫 번째 수행은 블랙 헌터의 구성원들로만 팀을 꾸려 출발했지만, 결과가 좋지 못했다. 희생자가 발생했던 것이다. 악전고투 속에 희생자가 나오면서, 일부 전력을 잃은 것이다. 하지만 그만큼 보상은 매력적인 것이었고, 서희는 좀 더 원활하게 퀘스트를 수행할 수 있을 동반자의 필요성을 느꼈다.

내부 회의를 거쳐 결정을 마친 서희는 바로 동원에게로 전화를 걸었다. 이럴 때 생각나는 사람, 그리고 구미가 당기는 제안을 할 수 있을 것 같은 사람. 바로 그 사람이 동원이었기

때문이다.


＊　　　＊　　　＊


─캬아아아악!

쿠웅! 쿠웅! 쿵! 쿵! 콰아앙!

"흥미로운 기술이군. 하이 리스크, 베리 하이 리턴이다, 이거지."

그 무렵, 동원은 D랭크 6단계의 퀘스트를 막 완료하고 있었다. 동원과 일대 격전을 벌였던 보스 몬스터는 동원의 일격에 그대로 지면에 처박혀, 찌그러진 고깃덩어리가 되고 말았다.

남들과 달리 D랭크 5단계에서 앞서 개방된 궁극의 기술, 얼티밋을 녀석에게 사용해 볼 수 있었던 것이다.

서희에게 특별한 제안이 담긴 연락이 온 날.

단번에 모든 기술의 데미지와 힘을 쏟아붓는 궁극의 힘, 일격필살의 기술인 얼티밋을 드디어 동원이 손에 넣은 날이었다.

제3장
# 스페셜 던전(Special Dungeon)

　서희로부터 구미가 당길 만한 제안이라며 연락을 받은 동원은 늦은 밤에 그녀를 만났다.

　언제부터인지 모르겠지만 동원도 그렇고, 이유리도 그랬고, 서희도 그랬고. 모두 야심한 시간에 만나기를 원했다. 여러 가지 이유가 있겠지만, 그래도 사람들의 시선이 덜한 시간이기에 그럴 것인지도 모른다.

　동원과 서희는 예전에 김윤미가 일하던 편의점 앞에 놓인 간이 테이블에 각각 캔커피 한 잔을 올려놓고는 이야기를 나누기 시작했다.

"동원 씨도 알죠? 얼마 전부터 몇몇 포탈에서 네임드 변이체가 등장하기 시작했다는 사실요."

"물론 알고 있어요. 블랙 헌터에서 첫날 하나 잡고, 어제하나 잡았다면서요."

"맞아요. 상대해 보니 우리가 서울 스퀘어에서 마주쳤던네임드 변이체의 하위 호환 버전이었어요. 그러니까 그때 서울 스퀘어에서 만났던 것은 진짜 보스에 가깝고, 이건 그 모습을 복제한 아래 버전이라는 거죠."

"할 만했나요?"

"그때, 그 아수라처럼 광역 공격을 퍼붓는다거나 분신을소환해 내는 건 아니었으니까. 충분히 할 만했어요. 우리도바보는 아니잖아요?"

서희가 캔커피를 쭉 들이켰다. 어느새 비어버린 캔. 서희는 뭔가 아쉬웠는지, 편의점 안으로 달려들어 가서는 캔커피두 캔을 더 사왔다. 그러고는 자연스럽게 말을 이어나갔다.

"우선 소식부터 전해줄게요. 윤미 씨에 대한 소식부터."

"들어온 게 있습니까?"

"안전하게 잘 있다고 해요. 로즈마리에서도 통제하는 포탈이 있으니까, 그쪽에서 경계를 서고 있는 모양이에요. 확실한건 신변에는 문제가 없어요. 클랜 자체에는 문제가 있지만요.다행이죠."

"음… 일단 마음이 놓이는군요."

"그리고 윤미 씨의 부모님에 대해서도 은밀하게 저희 클랜원 하나를 붙여놨어요. 24시간까진 아니더라도 근방을 계속 주시하고, 화면을 녹화해 두도록 했으니 무슨 일이 생기면 증거를 빠르게 확보할 수 있을 거예요."

"감사합니다."

"아니에요, 이런 일을 그냥 넘어갈 수가 있나요? 어찌 보면 로즈마리 쪽에서 우리 영역에 손을 댄 것이나 다름이 없어요. 윤미 씨가 우리 클랜 소속은 아니었지만, 적어도 우리가 연고를 두고 있는 포탈 근처에 있던 스피어러였으니까요. 이런 식으로 문제를 발생시키면 불똥이 우리에게 튈 수가 있거든요. 윤미 씨랑 통화는 해보셨어요?"

"자동 회신 문자는 매일 오고 있습니다."

"그럼 정보와도 일치하네요. 크게 걱정할 필요 없을 것 같아요. 윤미 씨 본인이 원하는 정보를 입수하고, 판단하고, 그다음의 도움을 요청할 때까지 기다려 보죠. 정보원이 부지런히 소식을 전해주고 있으니 윤미 씨의 신변에 문제가 생기면 바로 움직일 수도 있어요."

서희는 열정적으로 자신이 알아낸 사실들에 대한 브리핑을 하고 있었다.

사실 동원을 돕기 위해서, 다시 말해 동원이 자신에게 '신세를 지고 있다고 느낄 법한' 지분을 만들기 위해서였다. 동시에 로즈마리 클랜에 대한 견제도 있었다.

현재 로즈마리 클랜은 수면 위로 급부상할 정도로 문제시되고 있는 것은 아니지만, 얼마 전 가온 클랜의 김혁수가 로즈마리에 대한 경고 차원의 성명을 발표했을 정도로 서서히 이른바 '어그로'를 끌고 있었다.

가온 클랜 소속의 클랜원 세 명을 상당한 거액을 주고 스카우트했는데, 그 이후 클랜원 셋의 행방이 묘연해졌던 것이다. 며칠 후에 소식이 확인됐는데, 클랜원 셋이 모두 죽었다는 사실이 김혁수에게 알려졌다.

로즈마리 클랜은 클랜 홈페이지를 통해 세 클랜원이 단체 퀘스트를 수행하는 도중 사망했고 그로 인해 귀중한 전력을 잃었다며 슬프다는 글을 남겼지만, 김혁수는 그 말을 곧이곧대로 믿지 않았다.

전반적으로 몇몇 굵직한 클랜이 로즈마리 클랜에 대한 반감을 가지고 있는 상황이었기 때문에, 서희도 그 분위기에 편승하여 나중을 위한 안배를 해두는 중이었다.

"이제 본론으로 들어갈까요? 윤미 씨에 대한 새로운 소식은 들어올 때마다 긴밀하게 알려드릴게요."

"고맙습니다, 서희 씨."

"매번 고맙다고 말만 하지 마시고, 술이라도 한잔 사시든가요. 호호. 말 한마디로 천냥 빚을 갚는 시대는 오래전에 지났거든요."

"여기서 마시는 것만 바꿔서 이야기를 이어갈까요?"

"에이, 뭐예요. 무드 없게. 됐어요. 자, 그럼 제안을 말할 게요. 거두절미하고 본론만. 그게 동원 씨도 편하죠?"

"포장은 필요 없습니다."

동원이 고개를 끄덕였다. 그러자 서희가 말을 이어나갔다.

"아시다시피 스페셜 스피어를 이제 입수할 수 있게 되면서 저는 이걸로 뭘 할 수 있을까 고민했어요. 통제하고 있던 포탈에서 나온 스페셜 스피어를 사사로이 가진다는 건, 제 성격이랑은 맞지 않거든요. 몇몇 클랜은 이미 리더들이 독식하고 있는 것 같지만요."

서희가 에둘러 몇몇 클랜을 꼬집었다. 그녀의 말대로 획득한 스페셜 스피어를 본인을 위한 강화의 용도로 쓴 리더들이 있었기 때문이다.

"다른 것이 있던가요?"

"동원 씨에겐 미리 얘기하지 않았지만, 이미 한 번 체험을 해봤어요. 바로 스페셜 던전이에요. 이미 저렇게 이름이 돌고 있거든요. 스페셜 스피어 상점, 알죠?"

"물론입니다."

금빛 방을 말하는 것이다. 가장 먼저 들어가 봤던 동원이니

모를 리 없었다.

"거기서 다양한 물품들을 팔고 있지만, 스페셜 퀘스트를 발동할 수 있게 해주는 입장용 증표도 판매 물품에 있었어요. 동원 씨가 봤을 줄 알았는데, 혹시 모르셨나요?"

"개인 물품 쪽에 시선을 두다 보니, 그 부분은 놓친 듯합니다."

동원은 솔직하게 답했다. 클랜을 운영하는 리더가 아니었던 만큼, 단체에 연관된 물품에는 애초에 관심이 없었던 동원이었다.

"증표를 구매할 수 있어요. 소진되는 스페셜 스피어는 1개, 3개, 9개 총 세 가지예요. 개수가 많아질수록 난이도가 증가하고, 그만큼 보상이 많아지죠. 각 랭크마다 두 번 씩의 도전이 가능하고요. 저는 이미 클랜 차원에서 한 번 다녀왔으니, 한 번의 기회가 더 있는 셈이에요."

"스페셜 던전이라… 커넥션 과정을 통해 발동시키는 단체 퀘스트에서 한 단계 더 업그레이드된 단체 미션을 수행하게 된다는 이야기인가요?"

"맞아요, 바로 그거죠. 모든 스피어러가 각 랭크마다 10번의 미션을 수행하는 건 똑같아요. 하지만 스페셜 던전에 입장하게 되면 일반 퀘스트보다 더 많은 보상을 얻을 수 있고, 최종 보스를 처리하면 스페셜 스피어까지 손에 넣을 수 있죠.

무조건 하는 게 좋은 퀘스트인거예요. 스페셜 스피어만 충분하다면요. 아, 한 가지 리스크는 있어요. 이렇게 되면 노멀 퀘스트가 스페셜 던전과 연관된 퀘스트로 대체가 되는데, 이후 하드 모드의 퀘스트는 기존에 했어야 할 노멀 퀘스트 내용의 하드 모드 버전으로 나온다는 거죠. 사전 정보가 부족할 수 있어요. 안내자로부터 직접 들은 이야기예요."

그녀의 말대로였다.

모든 스피어러에게 주어진 랭크별 퀘스트의 개수는 똑같다. 노멀 퀘스트 10회, 하드 퀘스트 10회. 그리고 승급전.

이 사이에 스페셜 던전으로 두 번의 퀘스트를 바꿀 수 있다면, 전체 보상 총량과 내용이 달라지게 되는 것이다.

다만 이 모든 전제에는 스페셜 스피어의 보유가 깔려 있었다. 즉, 통제하고 있는 포탈이 없거나 클랜에 소속되지 않은 스피어러라면 혜택을 볼 수 없는 것이다.

동원은 서희의 말을 듣고, 앞으로 더욱 심화될 클랜 가입 열풍, 그리고 클랜 간의 견제가 자연스럽게 떠올랐다. 이는 피할 수 없는 미래였다.

"하지만 제게 연락을 한 건… 첫 번째 스페셜 던전 입장에서 좋지 않은 결과가 있었던 모양이군요."

동원의 말에 서희는 대답을 하기에 앞서 한숨을 푹 내쉬었다. 살짝 눈가에 눈물도 고이는 모습이었다. 소속된 클랜원을 잃은 만큼 초연할 수는 없었다. 그도 리더이기에 앞서, 감정이 존재하는 하나의 사람이었으니까.

"희생자가 있었어요. 물론 개개인에게 모두 동의서를 받고 입장한 것이지만, 그래도 사람을 잃었는데 초연할 수는 없죠. 하지만… 이 스페셜 던전은 반드시 입장해야 해요. 각 랭크다마 두 번씩은 꼭. 그렇게 해야 앞으로도 다른 랭커 스피어러들과 격차를 벌릴 수 있고, 동시에 더 빨리 강해질 수 있겠죠. 궁극적인 우리의 목적은 스피어러 간의 경쟁이 아닌, 포탈을 통해 넘어오는 변이체들을 대비하는 것이니까요. 그렇죠?"

서희가 동원의 뜻에 맞는 이야기를 꺼냈다. 다른 랭커들을 따돌리는 것은 동원의 관심에는 없었다. 지금도 자신은 충분히 강했다.

더 나아가 랭크 역시 동원은 큰 관심이 없었다. 동원은 현재 D랭크 6단계의 스피어러로, 현재 대한민국에서 비공식적으로 알려진 최상위 스피어러들보다 무려 10단계가 낮았다.

1위 스피어러는 김혁수가 아니었다. 이름이 알려지지 않은 어떤 남자였는데, 그가 바로 C랭크 6단계라고 했다. 4단계만 더 올라가면 그 역시 동원처럼 얼티밋을 배울 수 있을 것이다.

김혁수는 C랭크에 진입한 이후, 자신의 랭크 및 단계에 대한 정보 공개를 하지 않고 있었다.

"단체 퀘스트와 동일하게 인원이 많아질수록 어려워지지만, 그만큼 보상이 늘어나요. 그래서 이번에 동원 씨뿐만이 아니라, 동원 씨와 호흡을 맞출 수 있는 동료분들 모두를 초대하려고 해요. 아, 물론 본인의 동의를 전제로 하고요. 타 클랜의 사람이어도 상관없어요, 그분들만 괜찮다고 하신다면요. 전략적 협력이잖아요? 쉽게 말해서 용병 개념으로 우리 클랜의 단체 퀘스트에 합류한다고 생각해 주시면 편할 것 같은데. 어때요?"

"동료들까지 합류한다… 그렇다면……."

"이유리 씨도 있을 거구요. 친구분이 더 계신 걸로 아는데, 아닌가요?"

"더 있죠."

동원이 자연스럽게 황찬성과 황찬열을 떠올렸다. 죽지 않고 잘 살아 있는 유쾌한 형제 둘. 수시로 연락을 주고받고 있는 좋은 동생들이었다.

"모두 불러주세요. 이참에 유리 씨 실력도 볼 수 있으면 좋겠죠. 활을 쏘는 여자, 정말 매력적이거든요. 눈빛이 살아 있잖아요."

서희의 눈빛이 반짝거렸다. 이유리에 대한 묘한 질투가 느껴지는 그런 눈빛이었다. 동시에 자신감도 묻어났다.

"내일 자정에 맞출 생각이에요. 저희 클랜원 중에 동의 의

사를 밝힌 아이들이 참여하려면, 딱 자정이 전부 퀘스트 대기 시간이 끝나고 활성화가 되었을 시간이거든요. 동원 씨도 다른 동료분들의 시간 여부를 확인해 보시고, 가급적 저 시간에 맞춰서 준비해 주세요. 아, 그러고 보니 동원 씨의 답을 안 듣고 벌써 김칫국부터… 어머, 미안해요."

서희는 자신이 북 치고 장구 치고 하고 있었다는 사실을 깨닫고는 얼굴을 붉혔다. 동원은 그런 서희의 모습을 보며 피식 웃었다. 리더인 그녀도 가끔 이렇게 허당인 기질을 보일 때가 있다.

"저는 참여할게요. 서희 씨의 배려가 느껴지네요. 감사히 받아들이겠습니다."

동원이 서희의 제안을 흔쾌히 수락했다. 거절할 이유가 없었다. 서희가 예전에 말했던 것처럼, 동원에게 도움이 될 내용만 담긴 제안이었기 때문이었다. 동원의 말처럼 자신을 배려하고 신경 써주기에 할 수 있는 제안이기도 했다.

"내일 정오 무렵 전까지 다른 동료분들의 참여 여부에 대해서도 알려주세요. 그러면 모든 준비는 제가 다 해놓을게요. 증표는 아침에 퀘스트를 수행하러 들어갔을 때, 구매하면 되거든요. 여분이 있으니까."

"알겠습니다. 무사히 보도록 하죠."

"호호, 안 죽어요. 걱정 말아요. 그럼 들어가 볼게요. 푹 쉬어요, 동원 씨."

서희가 아직 따지 않은 캔커피 하나를 챙겨서는 자리에서 일어섰다. 동원 역시 따라 일어났고, 멀어져가는 서희의 뒷모습이 보일 때까지 자리를 지켜주었다.

어쩌다 보니 이 좁은 동네에 서희를 비롯한 블랙 헌터의 클랜원들도 상주하게 됐고, 옆 동네에는 이유리가 살고 있는 식이었다.

우연인지 필연인지는 알 수 없지만, 이 정도면 정말 인연은 멀리 있는 것이 아닌 셈이다.

집으로 돌아온 동원은 바로 이유리에게로 전화를 걸었다.

부모님과의 대화를 매듭지은 그녀는 완벽하게 스피어러로서의 삶을 시작하고 있었다. 그래서 그런지 그 여느 때보다도 열정적으로 하루하루를 보내고 있는 그녀였다. 어쩌면 지금도 운동장을 뛰고 있거나, 산책로를 따라 부지런히 런닝을 하고 있을지도 모른다.

연락이 닿은 이유리는 예상했던 대로 런닝 중이었다. 모두가 잠든 새벽이었지만, 그녀에게는 조용히 운동에 집중할 수 있는 시간이기도 했다.

열심히 집 근처를 계속해서 달렸던 이유리는 방향을 동원의 집으로 잡았고, 운동을 위해 차려입은 트레이닝복 차림으로 동원의 집 앞에 나타났다.

검은색 트레이닝복 상하의, 포니테일 스타일로 묶은 머리, 편한 런닝화, 그리고 이마를 타고 흘러내리는 작은 구슬땀이 그녀의 의지를 짐작할 수 있게 했다.

"그게 정말이에요?"

동원의 집으로 이동하는 동안, 동원과 통화를 주고 받은 이유리가 물었다. 동원은 고개를 끄덕였다.

"강요하지는 않을 거야. 앞서 말했던 것처럼 스페셜 스피어를 이용해 발동시킨 단체 퀘스트를 수행하게 되면, 이후 하드 모드에서 어떤 퀘스트를 하게 될지 알 수가 없으니까. 단체 퀘스트의 맹점이지. 개인 퀘스트 위주로 짜여져 있는 시스템 때문이기도 하고."

"하드 모드는 어쨌든 선택적 사항이고… 스페셜 스피어를 얻을 수도 있을 퀘스트를 참여하지 않는다는 건 말이 안 되는 것 같아요. 하지만 오빠, 왜 그 여자가 우리에게 이렇게 친절한 걸까요? 가고 싶으면 오빠만 불러도 될 텐데."

이유리는 서희의 의도를 의심하는 눈치였다. 아니, 사실 서희가 드러내 놓고 동원을 자신의 클랜으로 데려가기 위해 애쓰고 있다는 것은 잘 알고 있었다.

그러면 동원에게만 잘 보이면 될 일이다. 군이 왜 자신이나 동원의 동료에게 관심을 갖는 걸까? 모든 사람들을 영입하려고 하는 걸까?

평소에는 냉정한 이유리였지만, 서희에 대한 생각을 하면 감정적으로 판단을 하게 되는 것은 어쩔 수 없었다. 여자와 여자 사이의 묘한 질투심, 이것이 이유리가 평정심을 유지할 수 없게 자극했다.

"아니지. 이왕이면 손발이 잘 맞는 능력 있는 팀원이 더 필요한 거지. 단체 퀘스트는 인원수에 맞게 난이도가 높아져. 그럼 구성원들 개개인의 능력이 얼마나 강한지가 중요해. 잔챙이들로만 머릿수를 추가하는 것보다는 확실하게 실력 검증이 된 사람이 합류하는 것이 좋지. 그래서 서희 씨는 나와 유리에게 관심을 가진 거고. 이제 찬성이와 찬열이도 부를 생각인 거야."

"솔직하게 말할게요. 참여하고 싶어요. 참여하지 않는 게 이상하잖아요. 하지만 순수한 의도만으로 건넨 제안은 아닌 것 같다는 생각이 들어요."

"세상에 공짜는 없지. 잘 알아."

이유리의 걱정에 동원이 미소를 지으며 고개를 끄덕였다. 자신이 서희의 제안을 단순 호의로 생각할 정도로 바보는 아니다. 자신과 서희는 전략적 협력 관계, 그 줄타기를 꾸준히 하고 있을 뿐이다.

이번 스페셜 던전 퀘스트의 참여도 마냥 신세를 지는 것만으로 볼 필요가 없었다. 그녀가 자신의 클랜원들로 구성된 팀으로 도전하는 것에 버거움을 느꼈고, 동원에게 제안이라는 이름으로 포장된 지원 요청을 한 것이기 때문이다.

서희도 그런 점을 알고 있기 때문에 동원과 얘기를 하는 과정에서 '자연스럽게' 동원의 참가를 확정짓듯 말했던 것이다. 함께하고 싶었으니까.

"그나저나 그러면 이번 기회에 두 오빠들도 볼 수 있겠네요?"

"그렇지. 방금 문자가 막 왔어. 바로 이쪽으로 오겠다고. 한 시간 정도 기다리면 된다고 했으니 잠시 기다릴까?"

"후훗, 좋아요. 보고 싶은 두 사람이잖아요. 기다리면서 좀 쉬어요. 날도 푸근한데 벤치에서 좀 쉬고 있을까요?"

이유리가 황찬성과 황찬열을 떠올리고는 피식 웃음을 터뜨렸다. 유치하리만치 기술을 쓸 때면 항상 기술명을 내뱉었던 황찬성, 그리고 거미를 세상에서 가장 싫어하는 황찬열. 두 사람은 이유리에게도 유쾌한 사람들이었다.

"그러지. 잠깐 여기서 기다리고 있어. 목이 마를 테니까."

동원이 한달음에 편의점으로 달려가 이온음료 두 개를 사 왔다. 그리고 벤치에 앉아 마른 목을 축이며 쌍둥이 형제가 오길 기다렸다.

처음 파티 플레이를 했던 그날 이후, 연락은 계속해 왔지만 직접 얼굴을 보는 것은 오늘이 처음이었다.

동원이나 이유리나 그사이에 달라졌을 두 사람의 모습이 무척이나 궁금했다. 두근거리고 기대되는 마음, 그 마음은 같았다.

*　　　*　　　*

"형님, 동원 형님! 제가 왔습니다! 황찬성이가 왔습니다, 형님!"

"아, 형. 지금 새벽이잖아. 소리 좀 작작 질러."

"아이고오! 소리 좀 작작 지르라고 합니다! 그래도 반가우니 인사드립니다, 형님!"

"형, 술도 안 처먹었는데 왜 술 취한 척해?"

"야… 그래도 처먹었다는 표현을 어떻게 형한테 쓸 수가 있냐."

"잘 지내셨죠, 형님? 유리, 오랜만?"

벤치에서 대화를 나누며 쌍둥이 형제를 기다리고 있던 동원과 이유리는 시끌벅적하게 나타나는 두 사람의 모습을 보고는 마치 약속이라도 한 것처럼 동시에 미소를 지었다. 예전이나 지금이나 형제끼리 티격태격하는 건 똑같았다. 그래서 더 재미있는 두 형제였다.

"그 사이에 몸이 더 좋아진 것 같은데."

"좋아져야죠. 투자한 스피어가 얼마인데. 형님 연락받고 바로 왔습니다. 그런데 이거 우리가 참여해도 괜찮은 거예요? 형님이나 유리는 상관없다고 하더라도, 저희 둘은 클랜이 다른데요."

"상관없다고 했어."

"블랙 헌터, 생각보다 쿨한 클랜이네요?"

"서로에게 이득이잖아. 현명한 거지. 너희 둘도 어쨌든 D 랭크의 상위 스피어고, 실력은 충분히 검증됐으니까."

"그런데 이거 비밀로 좀 해주셔야 돼요. 요즘 워낙에 클랜 간에 클랜원 유치 경쟁이 치열하니까, 다른 클랜원들이랑 같이 어울렸다고 하면 멍석말이 당하기 십상이거든요. 뭐 맞는 거야 저나 찬열이나 익숙하긴 한데, 그래도 안 맞는 게 좋죠."

"그런 부분은 걱정할 것 없어. 그럴 일은 없을 테니까."

동원은 서희에게 미리 이런 부분들에 대해서는 말해둘 생각이었다. 찬성과 찬열이 소속된 클랜은 예전에는 찬성이 말했던 것처럼, 통제권 위임이나 클랜원 유치에 열을 올리는 그런 클랜이 아니었다. 쉽게 말해 소규모 클랜이었다.

하지만 시류가 변하기 시작하면서 많은 수의 소규모 클랜이 운영 방향을 바꾸기 시작했다. 포탈에서 비정기적으로 등장하는 네임드 변이체가 스페셜 스피어를 제공하게 되면서,

포탈에 대해 더 이상 초탈해질 수 없게 된 것이다.

그래서 최근에 등장하기 시작한 것이 바로 연합 클랜이었다. 다수의 군소 클랜이 하나의 연합체를 꾸린 뒤, 그 연합체의 이름으로 포탈의 통제권을 위임받았다.

그리고 정해진 순번에 따라 포탈에서 등장하는 네임드 변이체에게서 얻은 스페셜 스피어를 분배했다. 연합 클랜은 군소 클랜들에게 새로운 가이드라인을 제시해 주었다.

굳이 대형 클랜에 들어가지 않더라도, 연합 클랜이라는 이름으로 포탈 통제에 '숟가락'을 얹을 수 있음을 알게 된 것이다.

물론 장밋빛 현실만 존재하지는 않았다. 스페셜 스피어를 분배받는 순번을 놓고 연합 초기 단계에서 내분을 일으키기도 했고, 심지어는 첫 번째로 분배를 받은 다음, 그다음 분배에서도 스페셜 스피어를 강탈한 뒤 잠적하는 일도 종종 있었다. 잡음이 많았던 것이다.

다행히 쌍둥이 형제의 클랜은 연합에 소속된 클랜 간의 사이가 좋아 그런 문제는 없다고 했다.

"그럼 참여 안 할 이유가 없죠. 정말 좋은 제안인데요. 어차피 노멀 퀘스트를 하나, 이 퀘스트를 하나 위험한 건 매한가지인데요. 어차피 해야 할 퀘스트면 보상이 좋은 쪽으로 가야죠. 죽는 거야 어디서든 죽으면 끝인 거고."

"형, 쿨한 척하는 건 좋은데 죽는단 얘기는 웬만해선 장난으로라도 말하지 마. 그거 되게 재수 없는 소리야. 그냥 죽는다는 말은 하지를 마."

"뭘 새삼스럽게 그러냐?"

"그냥, 요즘 많이들 죽잖아. 신경 쓰이거든. 어쨌든 저도 참여할게요. 좋은 제안인 것 같습니다."

황찬성의 표현에 핀잔을 준 황찬열은 형과 동일한 참여 의사를 밝혔다. 그렇게 동원을 포함한 네 명의 참가가 확정됐다. 함께 파티 플레이를 치렀던 첫 팀의 재결합이었다. 물론 김창식은 제외하고.

"시간들은 다 맞나? 내일 자정에 진입인데. 대기 시간이 끝나 있는 상태여야만 해."

"시간 남아요. 문제없습니다."

"저는 그 전에 대기시간이 끝나는데, 좀 기다리면 되죠."

"저도 괜찮아요, 오빠."

"나도 괜찮고… 그럼 진입 시간의 문제는 없군."

각자의 참여 의사도 확실하게 확인이 됐고, 준비도 모두 문제없었다. 동원은 그렇게 참여를 완벽하게 확정 지었다. 남은 것은 입장하는 일뿐이었다.

제4장
진입

하루의 시간이 지났다.

이유리는 집으로 돌아가 휴식을 취했고, 쌍둥이 형제는 동원의 집에서 시간을 보냈다. 동원은 오랜만에 직접 본 쌍둥이 형제들과 그간 있었던 일에 대한 이야기를 나눴다.

클랜 간의 관계라던가 최근의 동향에 대해서는 확실히 쌍둥이 형제보다는 서희의 정보력이 좋아서 그런지, 쓸 만한 정보는 없었다. 전부 들어본 이야기이기 때문이다.

하지만 두 사람의 변화에 대해서 듣는 것은 매우 흥미로웠다. 예상했던 대로 완벽한 탱킹을 위해 집중적으로 스탯을 투자한 두 사람은 그야말로 인간 고기방패가 되어 있었다.

그렇다고 해서 데미지가 안 나오는 것도 아니었다. 물론 동원과는 비교 불가였지만 말이다.

스페셜 스피어로 구매한 것들에 대해 궁금할 법도 한데, 두 사람은 동원에게 어떤 것을 얻었는지 물어보지 않았다. 간접적인 뉘앙스로라도 묻지 않았다.

동원은 황찬성과 황찬열이 자신에게 부담을 주고 싶어 하지 않는다는 것을 느꼈다. 이미 많은 사람들이 충분히 질문했을 것이고, 궁금했을 내용이니까. 동원을 귀찮게 하고 싶지 않았던 것이다.

이제 스페셜 던전에 입장하게 되면 자연스럽게 동원의 능력에 대해 동료들이 알게 될 것이다. 이른 시기에 개방된 얼티밋이나 재사용 대기 시간 초기화를 통해 퀘스트 1회에 한 번으로 제한된 얼티밋이 두 번 이상 쓰이는 것을 보면 알 수 있을 터다.

동원은 자연스럽게 자신의 능력이 알려지는 것에 대해서는 신경 쓰지 않을 생각이었다. 언젠가는 알려질 수밖에 없는 것이기에.

시간은 빠르게 흘러 자정을 30분 앞둔 시간이 됐다.

먼저 동원 일행 넷이 모였다. 약속 장소로 선택된 곳은 블랙 헌터가 관리하고 있는 포탈 근처의 탁 트인 공간이었다.

단체 퀘스트를 위해 입장하기 위해서는 몇 가지 절차가 필요하다.

첫째, 스피어러 커넥팅이다. 파티장의 역할을 할 사람에게 다른 스피어러들이 손을 맞잡는 과정이 필요하다. 언뜻 보면 우스운 광경이지만, 그렇게 해야만 서로간의 연결점 형성이 가능하다. 동시에 진입을 해야 하기 때문이다.

둘째, 참여할 스피어러들이 손을 맞잡아 연결된 상태가 되고 나면 파티장의 역할을 할 사람이 자신의 스피어에 접촉한다. 그 순간 입장이 이루어지게 되는 것이다. 여기서 파티장은 선택을 하게 된다. 노멀 단체 퀘스트를 수행할지, 스페셜 단체 퀘스트를 수행할지를. 서희 같은 경우에는 증표를 사두었으니 후자를 선택하는 것이 가능했다. 증표가 없다면 선택을 해도 실행되지 않는다.

셋째, 입장에 앞서 각각의 스피어러들은 선택의 통로에서 스페셜 던전, 퀘스트에 대한 안내를 받는다. 기존의 퀘스트 수행과 동일한 과정이다. 이 과정에서만 유일하게 혼자 있고, 그 이후 퀘스트 동안에는 함께 입장한 파티원들과 움직이게 되는 것이다.

"어? 벌써 와 계셨던 거예요? 저희는 다들 늦은 저녁 식사를 마치고 15분 정도 전에 도착해 있으려고 했는데요. 이거

저희가 너무 게을렀네요."

약속 장소에 가장 먼저 나타난 것은 서희였다.

"아, 이분이……?"

서희의 등장에 가장 즉각적으로 반응을 보인 것은 황찬열이었다. 육감적이고 관능적인 몸매, 고양이 상의 얼굴에 매혹적인 눈빛. 연상녀에게서만 느낄 수 있는 성숙미까지. 황찬열의 스타일에 딱 맞는 모습이 서희였기 때문이다.

"안녕하세요, 블랙 헌터의 리더 서희라고 해요. 만나서 반갑습니다."

"안녕하세요! 거미를 정말 싫어하는 녀석을 동생으로 두고 있는 황찬성이라고 합니다! 쌍둥이 형제죠!"

"……."

젠틀하고 매너 있게 서희와의 첫 인사를 나누려던 황찬열은 불쑥 치고 들어온 황찬성의 인사에 할 말을 잃어버렸다. 이왕이면 세상에 두려운 것 하나 없어 보이는 멋있는 남자의 모습을 하고 싶었는데, 이렇게 황찬성이 초를 쳐버리니 졸지에 거미라면 경기라도 일으킬 듯한 겁쟁이가 되어버린 것이다.

"자, 인사드려야지. 찬열아."

"됐어… 이미 형이 소개 다 했는데 무슨 얘길 더 하라고."

"호호호호, 반가워요. 그럴 수도 있죠. 남자라고 해서 싫어

하는 게 없을 수 있나요. 서희에요, 두 분 모두 미남이시네요. 특히 동생분이 더 그런 것 같구요?"

"오… 바, 반갑습니다. 황찬열입니다."

서희와 황찬열이 이어서 악수를 나눴다. 그 순간, 황찬열의 손끝이 부르르 떨렸다.

"손이 따뜻하시네요. 저는 손이 따뜻한 남자가 좋은데."

"아, 그렇습니까? 그렇군요."

"자, 그러면 정오에 통보받은 대로 이렇게 네 분이 참여하시는 거죠? 아, 찬성 씨, 찬열 씨. 말씀하신 대로 이 부분은 두 분이 직접 말씀하시는 일이 없으면, 저희 쪽에서 이야기가 나가는 일은 없을 거예요. 걱정 마세요. 이 아이들 입단속은 제가 아주 오래전부터 무겁게 시켜왔으니까요."

"배려에 감사드립니다."

서희의 말에 황찬성과 황찬열이 거듭 감사의 말을 전했다. 소속 클랜에 알려져도 상관은 없지만, 이왕이면 알려지지 않는 게 클랜 간의 긁어 부스럼을 만들 일도 적고 말이다.

"유리 씨, 오랜만이에요. 그날 이후로는 처음이죠?"

"그런 것 같아요. 클랜 일로 많이 바쁘실 텐데 신경 써주셔서 감사해요."

"감사받을 일인가요. 어디까지나 도움 요청이죠. 잘 부탁드릴게요."

서희는 이어서 이유리와도 인사를 나눴다. 반가운 환영 인사와 감사 인사지만, 묘한 냉랭함이 그사이에 감돌았다. 둘다 입가에 미소는 머금고 있었지만, 그 미소의 순도가 높아보이지는 않는다.

"추가로 숙지해야 될 부분이 있습니까? 사전에 안내받은 것 외에 누락된 것들이 있나 해서요."

"특별히 다를 것은 없어요. 다만 어떤 퀘스트를 받게 될지는 모른다는 것이 있겠네요. 예상이 불가능해요. 입장 절차는 제가 밟게 되지만, 중간에 퀘스트에 대해서 각자 설명을 받을 시간이 있을 거예요. 선택의 통로에서요. 그 이후에 전부 집결하고 나면 퀘스트가 시작되니까, 딱히 염려하실 부분은 없어요."

"알겠습니다."

"그럼 저희 참가 클랜원들 전부가 소집되는 대로 바로 움직일게요. 잠시 몸 정도만 풀고 계시면 좋을 듯해요."

"그러죠."

"아참, 중요한 걸 빠뜨릴 뻔했네요. 분배에 대한 문제를 얘기해야 해요."

"정말 중요한 핵심을 빠뜨릴 뻔했군요."

서희의 말에 동원이 고개를 끄덕였다. 분배에 대한 논의는 반드시 해두어야 했다. 양쪽 모두 만족할 만한 결과물을 얻기 위해서다.

"우선 스피어 분배에 대한 것은 전체 파티를 유지할 것인 만큼 총량을 동일하게 인원수에 맞게 분배하려고 하는데, 어떻게 생각하세요?"

"이의 없습니다."

지금의 분배법은 과거 첫 파티 플레이 당시, 획득한 스피어 전량을 구성된 파티원에 맞게 분배했던 것과 같았다. 동원 일행은 그게 가장 깔끔하다고 생각하고 있었다.

물론 동원 일행만 열심히 노력하고 서희의 클랜원들이 빈둥빈둥 논다면 얘기가 달라질지도 모른다. 하지만 이 부분에서 만큼은 동원도 물론이고, 동료들 역시 서희의 클랜과 소속원들을 믿었다. 애초에 스페셜 스피어를 소진해서 들어간 던전에서 허송세월한다는 게 있을 수 없는 이야기였다.

"다행이에요, 저희도 동의했거든요. 걱정 마세요. 최선을 다해 스피어 수집을 위해 노력할 거예요. 루팅만 잊지 말고 해주세요. 부득이하게 스피어를 포기해야 하는 경우를 제외하구요."

"명심하죠."

스피어는 강해지기 위한 기반이 된다. 어떤 이유로든 소홀히 할 수 없었다. 스페셜 스피어가 많은 관심을 받고 있는 시점이지만, 그렇다고 해서 스피어가 아무런 의미가 없게 된 것도 아니었다. 여전히 대다수의 구성은 스피어가 차지하고 있고, 모든 부분을 강화시키는 데 있어 필수요소였다.

"스페셜 스피어의 획득량이 다를 수 있어요. 현재 동원 씨와 합류하는 일행 분이 넷, 저희가 열둘. 도합 열여섯이죠. 가장 이상적인 건 스페셜 스피어가 열여섯 개가 나오는 거겠지만, 그럴 일은 없어요. 직전 첫 번째 입장에서는 네 개를 얻었거든요. 이번에도 그 언저리일 것으로 생각해요 세 개에서 다섯 개 사이."

"이왕이면 많을수록 좋겠군요."

"일단 보상으로 각자 스페셜 스피어를 한 개씩은 얻을 수 있을 거예요. 문제는 최종 네임드 변이체에게서 얻을 스페셜 스피어의 예상 수치죠."

"다섯 개일 경우에는 사 대 일로 나누고, 그 아래일 경우에는 전부 가져가시죠. 입장을 위한 스페셜 스피어도 블랙 헌터 쪽에서 지불한 것이고, 어쨌든 우리는 초청된 손님이니까요."

"아뇨, 그건 얘기가 다르죠. 어떻게 보면 용병에 더 가까운 걸요. 무조건적으로 한 개는 보장해 드릴게요. 나머지는 그때 가서 의논하죠. 이건 저희 클랜원들도 전부 동의했어요."

서희와 동원의 말이 오가는 동안, 어느새 집결을 마친 블랙 헌터의 클랜원들은 그녀의 말에 고개를 끄덕였다. 이유리와 황찬성, 황찬열도 마찬가지였다.

욕심이 나지 않는다면 거짓말이다. 하지만 어디까지나 블랙 헌터의 배려로 참여하게 된 상황에서, 필요 이상의 욕심을 내려고는 하지 않았다. 동원의 생각과도 그래서 일치했다.

"알겠습니다."

"그럼 가볍게 몸 풀고 자정에 맞춰서 출발하죠."

이렇게 해서 분배에 대한 문제도 정리됐다. 잡음이 생길 여지를 줄인 현명한 대화였다. 동원이 서희와 그녀의 클랜들과 이렇게 협력 관계를 유지하는 것도 그녀가 합리적인 판단을 기반으로 해서, 서로에게 득이 되는 제안을 하기 때문이다.

워낙에 자신들만의 이익을 추구하고, 철저하게 타인을 배제하는 성향의 클랜이 많아지고 있기 때문인지. 사실 서희나 동원 같은 모습이 지극히 '정상적인' 모습이지만, 특별하게 느껴졌다.

시간은 순식간에 흘러 자정이 됐다.

입장의 시간이 된 것이다.

앞서의 절차에 맞게 스피어러들이 손을 맞잡았다. 공터에 한데 모여 손에 손잡고를 하듯, 손을 맞잡은 광경이 우스꽝스럽게 느껴지긴 했지만 부끄러워하는 사람은 없었다.

사실 신체만 접촉하고 있어도 커넥팅은 가능하다. 다만 손을 잡는 형태가 가장 보기 좋은 자세이기 때문에 이런 자세를 취하는 것이다.

황찬열은 어느새 서희와 규현 사이로 쏙 파고 들어가서는 서희와 손을 맞잡고 있었다. 황찬열을 바라보는 규현의 표정은 딱 '이거 뭐 하는 놈이야?' 하는 모습이었지만, 서희는 황찬열을 향해 환한 미소까지 지어 보이며 그의 손을 꽉 잡았다.

그리고 서희가 하늘을 향해 손을 뻗더니, 무엇인가를 만지는 듯한 자세를 취했다. 스피어와 접촉한 것이다. 자신의 스피어는 다른 일반인은 물론이고, 스피어러들에게도 보이지 않기 때문에 마치 비어 있는 공간에 손을 댄 것처럼 보인 것이다.

화악!

그 순간, 연결된 모든 스피어러들이 일순간에 자신의 스피어 속으로 빨려들어 갔다. 스페셜 던전, 스페셜 퀘스트의 시작이었다.

*　　　*　　　*

선택의 통로에서 동원은 우선적으로 필요한 회복 포션과 만약을 대비한 중력 폭탄, 그리고 내구도 감소로 자연스럽게 폐기 된 심플 슈트 하나를 구매했다.

"중첩 관리를 잘하면 효과적으로 얼티밋인 피니쉬(Finish)를 쓸 수 있겠지. 연달아 두 번도 가능할 수 있어."

동원은 얼티밋의 가칭을 피니쉬로 명명했다. 말 그대로 전투를 끝맺는 최후의 기술이었다.

피니쉬의 무서운 점은 가공할 만한 파괴력이었다. 광역 기술인 T3, 동원이 파워 웨이브(Power Wave)라는 이름으로 명명한 기술은 카운터 효과가 적용되지 않지만, 피니쉬는 적용이 가능했던 것이다.

즉, 피니쉬의 위력을 극대화하기 위해서는 반드시 카운터가 발현 되는 조건인 '회피'가 만족되어 있어야 했다. 그래서 하이 리스크, 베리 하이 리턴의 구조가 될 수밖에 없었다. 자칫 잘못했다가는 공격이 빗나가 피니쉬가 헛방이 될 수도 있기 때문이다.

우선 피니쉬를 쓰기 위해서는 모든 기술, 보조기술 들이 사용되지 않은 채로 활성화되어 있어야 했다. 즉, 재사용 대기 시간이 돌고 있어서는 안 된다는 것이다.

그 상태에서 먼저 피니쉬를 발동시킨다. 그러면 1초의 대기 시간이 지난 뒤, 피니쉬를 위한 파워 차징이 끝이 난다. 이 시점에서 4초 안에 공격을 하게 되면, 바로 피니쉬가 터지게 되는 것이다.

중요한 것은 바로 이때, 모든 기술의 데미지가 총 합산된다는 점이다.

지금의 동원을 기준으로 하면 카운터, 디펜시브, 파워 웨이브, 그리고 현재 보조 기술로 추가되어 있는 로우 킥(Low Kick)과 피니쉬에 책정된 데미지가 동시에 합산되어 일격에 들어간다는 것이다. 모든 기술의 재사용 대기 시간도 함께 소진하면서.

"빗맞기라도 하는 날에는 재사용 대기 시간이 도는 동안에는 걸어 다니는 샌드백이 되겠군."

동원이 혼잣말을 중얼거렸다. 위험 요소는 분명 존재한다. 하지만 그만큼 강력한 일격이다.

이 과정 전에 회피 동작을 통해 카운터가 활성화되어 있으면, 카운터의 레벨에 맞게 계수가 책정되어 곱해진 데미지가 들어간다. 카운터 자체는 정해진 데미지가 없고, 디펜시브는 방어 기술이기 때문에 남은 수치인 파워 웨이브와 피니쉬의 데미지가 더해진 뒤 카운터에 맞게 곱해지게 되는 것이다.

"어디 보자. 카운터에 대한 내용을 다시 보여줘."

동원은 정확한 계산을 위해 T1 기술, 카운터에 대한 내용을 시온을 통해 재확인했다.

[T1(카운터) : 회피 동작 이후, 다음 공격 1회의 위력을 2.5배(+2×ㅁ레벨) 강화시킵니다. 재사용을 위한 대기시간은 17초(―1.5×ㅁ레벨)입니다.]

얼마 전, 카운터 9레벨을 달성한 동원은 이제 최종 레벨인 10레벨을 앞두고 있었다. 소진되는 스피어의 개수가 1,280개인 만큼 쉽게 엄두를 낼 수 있는 수치는 아니었다.

어쨌든 카운터가 피니쉬에 연계가 되면, 모든 기술의 데미지 총합에 20.5배가 강화된 공격이 들어가게 된다. 그렇지 않으면 기본으로 책정 된 데미지만 들어가지만 말이다. 그래서 일격필살이었다.

다만 동시에 차징을 마친 상황에서 회피 조건을 발동시키지 못해 허망하게 써버리면, 그야말로 얼티밋을 '날려 버리게' 되는 양날의 검이기도 했다.

상대가 낌새를 알아채고 거리를 벌리거나, 공격 동작을 하지 않으면 5초 뒤에 자연스럽게 피니쉬가 소멸하게 되는 것이다. 그래서 많은 위험 요소가 존재했다. 동원으로서도 한 번의 실험으로는 최적의 타이밍을 계산할 수 없는 기술이었다.

카운터와 피니쉬의 연계는 필수였다. 게다가 피니쉬를 쓰는 동시에 디펜시브가 발동되기 때문에, 어느 정도 상대의 일격을 허용하면서 '일격필살'을 가하는 것이 가능했다.

뼈와 살을 맞교환 하는 정도가 아닌 목숨과 살을 교환하는 필살의 기술, 피니쉬는 동원에게 정말 중요한 한 방이었다.

"전장에 대한 안내를 받으시겠습니까?"

동원이 어느 정도 생각을 마치고 나자, 자연스럽게 시온이 말을 걸었다.

예전에는 소녀의 모습을 한 단발머리의 어린아이에 가까웠던 시온의 외형이 지금은 많이 달라져 있었다. 스피어러로서의 빡빡한 일상을 살다보니, 스피어 내에서 보게 되는 유일한 동반자이기도 한 안내자에 대해서도 변화를 주는 것이 나름 재미가 있었던 것이다.

그래서 이제 시온은 동원이 원래 떠올렸던 이름에 부합되도록, 일본 AV에 등장하는 동명의 배우와 99.9% 유사한 모습으로 설계되어 있었다. 물론 옷은 전부 제대로 갖춰 입은 채로다. 세팅은 전적으로 스피어러 본인의 입맛에 맞게 할 수가 있기 때문에 원한다면 알몸도 가능했다.

"브리핑해 줘. 지도부터 먼저 보지."

"이번에 입장하게 될 스페셜 던전의 지도입니다."

촤르르륵!

동원의 눈 앞에 정사각형의 거대한 지도가 홀로그램으로 펼쳐졌다. 그리고 아주 심플하게 출력된 몇 개의 큼지막한 표시들이 눈에 들어왔다.

거대한 섬.

그 안에 오각형의 위치로 새끼손가락의 반절만 한 푸른 점 다섯 개가 찍혀 있었고, 섬 한가운데에 엄지손가락 한 마디 정도 크기의 붉은색 '×' 표시가 되어 있었다.

총 여섯 개의 표시, 이것은 무엇을 뜻하는 걸까.

"해당 점과 표식은 준네임드, 네임드로 불릴 만한 변이체의 등장이 안내된 장소입니다. 푸른 점이 찍힌 다섯 곳에 설치된 제단의 봉인이 풀리면, 섬 한가운데의 제단에서 최종 네임드가 등장하게 됩니다."

"역시……."

지도를 본 순간 예상했던 말이 시온에게서 흘러나왔다. 동원은 입술을 질끈 깨물고 고개를 끄덕였다. 이번 스페셜 던전, 뭔가 쉬워 보이지 않는다.


시온의 안내를 토대로 파악한 스페셜 던전의 내용은 다음과 같았다. 우선 타임 어택이 없었다.

퀘스트는 두 개의 시간 제한이 걸린 형태로 나뉘는데 특정 시간 내에 임무를 완수해야 하는 퀘스트와 정해진 시간 동안 버티거나 수행하는 퀘스트다.

이번 퀘스트는 후자였다.

팀원 전체에게 주어진 시간은 3일.

3일 동안 총 열여섯 명의 인원이 거대한 섬 안에서 다섯의 준네임드를 잡고, 최종적으로 소환될 네임드를 상대하는 구조로 되어 있었다.

단순하게 네임드들만 상대하는 것이었다면 3일이라는 시간은 상당히 길게 느껴졌을지도 모른다. 이 퀘스트의 특이점은 섬의 크기가 매우 크고, 이곳저곳에 수많은 변이체가 숨어 있다는 점이었다.

즉, 얼마나 발품을 팔아 많이 움직이느냐에 따라 획득할 수 있는 스피어의 총량이 달라지는 것이다. 3일 동안 허송세월하며 네임드만 사냥하고 제단의 봉인을 해제한다면 딱 그것에 맞는 만큼의 보상만 얻게 되는 것이고, 봉인을 해제하면서 꾸준히 섬 내부를 탐사하며 사냥을 한다면 그만큼의 보상이 추가로 계속해서 들어오게 되는 셈이다.

쉬는 시간은 잠을 자는 시간이면 족했다. 동원은 부지런히 움직이는 것이 곧 스피어의 보상과 연결되는 이번 퀘스트의 내용이 마음에 들었다.

스피어 내에서는 피로감은 누적이 되지만, 이를테면 식욕 같은 것은 발생하지 않는다. 즉, 3일의 퀘스트 수행 시간 동안 먹는 것은 걱정하지 않아도 되는 것이다.

다만 필요할 때는 충분한 수면을 취해야 하는 만큼, 이 거대한 섬 속에서 과연 마음 편히 잠을 잘 수 있을지가 의문이었다. 개인행동은 금물이다. 최소 2인 이상이 움직여야 하고, 그 이상이면 더더욱 좋아 보였다.

"준네임드 다섯을 잡아도, 최종 네임드가 등장하는 것은 퀘스트 종료 13시간 전이다 이거지. 그리고 각각의 준네임드가 제공하는 버프가 13시간 지속되고, 다른 네임드를 처치하면 기존의 버프 시간이 13시간으로 갱신되면서 새로운 버프가 추가 된다. 이거로군."

동원은 가장 중요한 부분을 다시 한 번 점검했다.

다섯의 준네임드들은 각각의 버프를 가지고 있다. 이들을 제거하면 자연스럽게 제단의 봉인이 풀리게 되고, 파티원 전원에게 버프가 주어진다. 해당 버프의 지속 시간은 13시간. 이 시간이 지나기 전에 새로이 버프를 획득하지 않으면, 13시간 뒤에 자연스럽게 소멸하고 만다.

초기에 준네임드 다섯을 모두 처치할 수도 있지만, 그렇게 되면 갱신할 수 있는 기회를 놓치게 된다. 최종 네임드를 상대할 때 아무런 버프를 가지고 있을 수 없게 되는 것이다.

그래서 필수적으로 동선을 다음과 같이 짜야 했다. 첫 번째 준네임드를 처치하고, 버프가 1시간 정도 남았을 즈음 다음 두 번째 네임드를 사냥한다. 그렇게 되면 첫 번째 버프 시간이 다시 13시간으로 갱신되고, 두 번째 버프 시간도 13시간으로 주어진다. 이런 식으로 계속 버프를 유지하는 것이다.

각각의 버프가 공격력 15% 강화, 민첩성 15% 강화, 정신력 15% 강화, 지혜 15% 강화, 전체 능력 15% 강화로 이루어져 있었기에 유지는 필수였다. 유지하지 않으면 그만큼 최종 네임드를 상대할 때 고전할 것이다.

"이동하시겠습니까? 파티원 전원이 스타팅 포인트에 합류할 때까지 퀘스트 시간은 진행되지 않습니다. 단, 스타팅 포인트 밖으로 이동하는 것 역시 불가능합니다."

"음… 필요한 것은 세팅이 다 끝난 듯하니, 이동하지."

"이동합니다."

동원의 말이 끝나기가 무섭게 시온이 다음 절차를 밟았다. 순식간에 선택의 통로를 빠져나온 동원은 어느새 재조합된 주변의 공간을 발견할 수 있었다.

거대한 숲 속에 다소 이질적으로 배치된 탁 트인 공터였다.

＊　　　＊　　　＊

도착한 스타팅 포인트에는 아직 아무도 없었다.

다들 꼼꼼하게 내용을 확인하고 있는 듯했다. 동원이 선택의 통로에서 나올 때, 남은 시간이 1시간 정도 있었으니 아마 그만큼은 기다려야 할 것 같았다.

"음."

동원의 천천히 주변을 살폈다. 숲은 온통 높이 솟은 나무들로 가득했는데, 그래서인지 시야가 좁았다. 어딜 둘러봐도 나무밖에 보이지 않았던 것이다.

사전에 확인한 섬의 지도는 대략적인 지도일 뿐, 결국 섬 안에서 직접 길을 따라 이동하며 파악해야 했다. 그래서인지 스타팅 포인트에서 기다리는 시간 동안, 사전 정보 파악을 하지 못하게 하려는 스피어 시스템의 안배가 느껴졌다. 이래서는 기다리는 동안 사전 답사도 할 수 없을 듯했다.

스타팅 포인트로 지정된 공터는 원형으로 둘러싼 보랏빛의 막이 구축되어 있었다. 아마도 저 막의 밖으로는 나갈 수 없을 것이다. 확인하지 않아도 알 수 있는 것이기에 동원은 제자리에 멈춰선 채로 다시 한 번 기술을 점검해 보기로 했다.

쉐도우 복싱.

보이지 않는 적이 자신을 공격해 오고 있다.

휙! 회피.

부웅! 카운터.

일격이 명중했다.

적이 비틀거리는 듯하다가, 더욱 성난 기세로 공격해 온다.

동원이 두 팔을 한데 뭉친 뒤, 공격을 막아내며 살짝 뒤로 물러선다. 디펜시브의 발동. 충격량의 대부분이 흡수됐다. 앞으로 달려 나갈 추진력을 확보하는 게 어렵지 않았다.

그때 보이지 않는 여럿의 적들이 일순간에 숨어 있다가 뒤에서 모습을 드러낸다. 다수의 적들은 한데 뭉쳐 있다.

퍼엉!

강력한 충격파, 파워 웨이브가 건틀릿을 타고 터져 나간다. 일순간 귀청이 터져 나갈 정도의 폭음이 들린다. 파워 웨이브를 정면에서 얻어맞은 적은 그 자리에서 즉사했다.

"쉐도우 복싱도 결국 내가 짜놓은 시나리오일 뿐이지. 역시 이건 도움이 되지 않아."

이래저래 중요한 건 실전이었다. 실전에는 수많은 변수가 존재하고, 그 변수들에 대해 적응하고 받아치는 과정에서 더 많은 실력이 쌓인다.

동원이 끊임없이 대기 시간이 종료되는 대로 퀘스트에 도전해 왔던 건, 이 때문이었다. 실수 한 번에 목숨을 잃을 수도 있는 스피어의 세계에선 다양한 경험이 그 무엇보다도 중요하기 때문이다.

파팟. 팟.

그때 하나둘 동료들이 입장하는 소리가 들렸다. 한 줄기 섬광이 하늘에서 떨어지면, 그 자리에 스피어러들이 소환되는 것이다.

"내가 얘기했지. 형님이 가장 먼저 오실 거라고. 나가면 바로 5만 원이다."

"아니 무슨… 하, 알겠어. 와, 5만 원이 뭐 이렇게 쉽게 날아가?"

"찬열이, 니가 형님을 믿지 않는 거지, 인마. 벌 받은 거다."

동원에 이어 두 번째로 모습을 드러낸 것은 바로 쌍둥이 형제였다. 입장하기 전, 두 사람은 내기를 했었다. 스타팅 포인트에 가장 먼저 도착할 사람이 누군지를.

황찬성은 동원에 5만 원을 걸었고, 황찬열은 서희에 5만 원을 걸었다. 결과는 황찬성의 승리였다.

"드디어 두 번째 팀 플레이네요. 처음에는 어색한 구석들이 참 많았었는데, 이번에는 솔직히 기대가 많이 됩니다. 형님, 잘 부탁드립니다."

"이번에는 너희 두 사람 등에 한 번 업혀가 보자. 그래도 되지?"

"저희를 깔아뭉개 죽이실 생각입니까? 후후후."

세 사람은 여유로이 농담을 주고받았다. 항상 두 사람은 유쾌하다. 죽음을 늘 마주해야 하는 전장에서도 농담을 즐겨했다.

이런 밝은 성격 덕분에 동원도 두 사람을 만나면 자주 웃게 됐다. 확실히 긴장이 풀리는 느낌도 있다.

파팟! 팟! 팟!

쌍둥이 형제를 시작으로 소환이 계속됐다. 블랙 헌터 쪽에서도 계속해서 입장했고, 그사이에 자연스럽게 이유리와 서희, 규현도 입장을 마쳤다. 순식간에 전원이 모인 것이다.

[전원 입장이 완료되었습니다. 1ㅁ분 후에 스타팅 포인트 주변에 형성된 결계가 해제됩니다. 이후 자유롭게 이동이 가능하며, 동시에 퀘스트 수행 시간인 3일이 카운트됩니다.]

소환이 끝나기가 무섭게 서희가 동원 쪽으로 달려왔다. 동시에 이유리도 동원에게로 향했다.

블랙 헌터의 구성원들은 조용히 대기 상태를 유지하고 있는 모습이었다. 규현은 은근슬쩍 서희의 옆에 서려고 하는 황찬열의 옆을 가로막고 섰다. 첫 만남부터 자꾸 리더인 서희 근처에서 알짱거리는 모습이 영 마음에 안 든다는 눈치였다.

"이번 퀘스트, 버프 유지를 하는 게 좋아 보여요. 동시에 인원을 나눠서 섬 전체를 탐사하는 형태로 가는 게 좋을 것 같고요."

"같은 생각이군요. 버프 유지는 필수일 것 같아 보입니다. 12시간 간격으로 각 제단의 네임드를 사냥하는 게 좋아 보이입니다. 그렇게 해야 최종 네임드를 상대할 때 풀 버프 상태를 유지할 수가 있죠."

"우선은 4인 1조로 나눠서 움직이죠. 그다음에 북서쪽의 첫 번째 제단에서 뭉치는 것으로 해요. 첫 번째 조 편성은 아무래도 가장 먼저 손발을 맞춰보고 싶은 팀끼리 해보는 게 좋겠죠?"

서희가 자연스럽게 동원과 이유리, 황찬성과 황찬열을 바라보았다.

"리더, 그렇게 하면 계속 같은 구성원으로 움직일 수밖에 없는데요. 장기적으로 보면 안 좋지 않을까요? 차라리 인원을 섞어서 다양하게 손발을 맞춰보는 게 좋지 않을까 싶은데. 항상 원하는 구성원끼리 함께 있게 될 것이라는 보장도 없죠."

그때 규현이 반대 의견을 냈다. 누군가에게 관심이 있어서가 아니라, 그러면 볼 것도 없이 동원과 세 명의 일행들이 붙어 다닐 것 같아서였다.

이렇게 되면 각자 개별된 플레이를 하다가 준네임드, 네임드를 사냥할 때만 뭉치는 구조의 패턴이 반복된다. 서희만큼이나 규현도 동원이나 이유리 같은 능력 있는 스피어러들을 동료로 끌어들이고 싶은 욕심이 있었다.

그러기 위해서는 자꾸 접점을 늘려가야 한다. 서희의 말대로 배정을 해버리면 퀘스트 장소만 제공하고, 필요한 네임드만 함께 잡는 얕은 협력이 될 수밖에 없는 것이다.

"음, 어차피 다들 실력이 없는 건 아니니까. 팀플의 다양성을 유지해 보자는 것 같은데, 그렇지?"

"그렇죠. 제 생각은 그렇습니다만, 어떠신가요?"

규현이 정중하게 동원에게 물었다.

동원 역시 규현의 생각에 공감했다. 앞으로 블랙 헌터의 스피어러들과 손발을 맞출 일이 더 생길지도 모른다. 다만 순서는 중요하지 않다고 생각했다. 익숙한 사람이든 아니든 동원은 상관없었다.

"일단은 익숙한 손발을 먼저 맞춰보는 게 좋을 것 같고요. 대신 저와 제 형은 역할군이 겹치니, 이렇게 바꿔보죠?"

황찬열이 자연스럽게 대화에 끼어들었다. 그리고 성큼성큼 서희의 옆으로 걸어간 뒤, 규현에게 방금 전 자신이 서 있던 자리를 눈짓으로 가리켰다. 규현이 고개를 갸웃거리자, 찬열이 말을 이었다.

"동원 형과 우리 형, 유리와 제가 있던 자리에서 제가 빠지고 그 자리에 규현 씨가 들어가면 어떨까 한데요? 제가 서희 씨와 함께 움직이고 말이죠. 큰 변화는 주지 않되, 겹치는 역할군은 빼는 거죠."

"나쁘지 않은데? 이런 식으로 하나씩 빠지고 뉴 페이스를 하나씩 넣는 식으로 하죠?"

"좋아요."

"이의 없습니다."

순식간에 이유리와 황찬열의 동의 의사가 이어지고, 동원도 고개를 끄덕였다. 블랙 헌터의 스피어러들도 이미 손발을 한 번 맞춰온 경험이 있기에 반기는 눈치였다. 일단 초전은 탐색전인 만큼, 큰 변화는 꺼리는 모습이었다.

졸지에 자신이 꺼낸 제안으로 황찬열과 자리 교체만 한 셈이 되자, 규현이 그를 노려보았다. 저 녀석, 분명히 서희에게 흑심이 있는 건 확실해 보인다. 영 마음에 들지 않는 광경이지만 이렇게 된 마당에 다시 바꾸는 것도 우스웠다.

이렇게 해서 첫 번째 준네임드를 사냥하기 전까지 움직일 조는 동원과 이유리, 황찬성과 규현으로 편성됐다.

제5장
**사냥 개시**

10분 후.

결계가 풀리고 각 조별로 이동이 시작됐다.

첫 번째 집결 시각과 위치는 지금으로부터 12시간 후, 그리고 북서쪽에 위치한 제단 앞의 계단에서였다.

"반갑습니다, 조규현입니다."

규현이 먼저 이유리와 황찬성에게 인사를 건넸다.

두 사람 역시 그의 인사를 반갑게 맞아주었다. 이유리는 규현에 대한 안 좋은 첫 인상이 있었지만, 과거의 일이라 큰 의미를 두진 않았다.

"자, 그럼 우리는 조합이 이렇게 되는 군요. 검, 권, 궁, 그리고 고기방패. 그렇죠?"

"꽤나 저돌적인 조합이 될 것 같은데."

동원이 고개를 끄덕이며 황찬성의 말에 답했다. 황찬성을 제외하면 전부 신속한 이동과 공격, 회피를 기본으로 하는 역할군이었다. 좀 더 속도감 있는 이동과 사냥이 가능할 것이다.

"어?"

피핑! 푹!

끼헥!

바로 그때.

숲 속을 둘러보던 이유리가 무언가를 발견하고는 바로 활로 그것을 맞췄다. 그러자 나무 위에서 화살에 급소를 명중당한 물체가 힘을 잃고 떨어졌다. 등 부분에 붉은 반점이 있는 작은 거미였다.

거미, 아아아아아아아아아아아악!

거의 동시라고 해도 무방할 시간에 저 멀리서 섬 전체를 뒤흔들 정도로 우악스런 비명 소리가 들려왔다.

"진짜 저 새… 죄송합니다. 저놈은 정말 치료를 좀 받아야 할 것 같아요. 저건 어떻게 개선이 안 되네요, 죄송합니다."

황찬성이 얼굴을 붉히며, 비슷한 시간에 거미를 발견하고 비명을 내질렀을 동생을 대신해 세 사람에게 사과했다.

"후후."

"저 오빠, 여전하네요."

"음, 좋은 약점을 발견한 듯하군요."

동원과 이유리, 규현이 동시에 미소를 지었다.

황찬열 덕분에 시작은 유쾌했다.


"이거 지도를 보고 예상했던 것보다도 섬이 훨씬 크네요. 3일을 꼬박 새서 돌아다녀도 전부 탐사가 안 될 것 같은데 요?"

"뭐 이딴 섬을 만들어놓은 거죠?"

약 2시간이 지난 시간.

동원 일행은 부지런히 섬을 탐사하기에 여념이 없었다. 아직까지는 변이체들이 등장은 하되, 한두 마리 정도로 적은 수만 나타나는 수준이었다. 다른 팀도 동원 일행과 다를 것이 없는지 우측 상단에 보이는 파티 스피어의 총량의 증가 수치는 생각보다 많지 않았다.

하지만 조짐은 보이고 있었다. 스타팅 포인트를 둘러싸고 있던 숲에서 멀어지면서 점점 특이한 지형을 가진 곳들이 나타나고 있었던 것이다.

이곳은 유독 습기가 많아 공기가 축축하고 눅눅했다. 그리고 아주 극심한 악취가 풍겼는데, 단순히 낙엽이나 수풀들이 부패해서 나는 냄새라고 보기에는 정도가 심했다. 2시간을 꼬박 돌아다녔는데, 이쯤이면 뭔가가 나타날 때가 되긴 했다. 동원은 그렇게 생각했다.

"오빠."

"응?"

"말 좀 해요. 아까 출발한 이후로 말수가 줄은 것 같아서. 지금 계속 찬성 오빠랑 규현 씨만 이야기하고 있는 것 알아요?"

"아, 그랬나? 나는 항상 처음 오거나 사전 정보가 부족한 곳에 있을 때면, 작은 것 하나라도 놓치고 싶지 않아서. 집중해서 보다보니 그런 것 같군."

이유리의 말에 그제야 동원은 자신이 꽤 오랜 시간을 아무 말도 하지 않고 탐사에 집중하고 있었다는 사실을 알아차렸다. 4인 1조로 이루어진 이 일행의 리더는 동원이었다. 리더가 꼭 모든 것을 이끌고 나가야 할 필요는 없지만, 어느 정도의 분위기 조율은 해줄 필요가 있었다.

동원은 이유리의 말이 충분히 일리 있는 것이라 생각했고, 그제야 계속된 탐색으로 뻐근해져 오는 근육을 기지개로 풀어내며 말을 이었다.

"곧 나타날 것 같다. 예고를 하고 나타나지는 않겠지만 말이야."

샤아아아.

동원이 원활한 이동을 위해 잠시 팔찌 모양으로 해제시켜 두었던 스태틱 건틀릿을 원상복귀 시켰다. 그러자 기존에 남아 있던 약간의 전류가 방전되며, 찌릿하고 소리를 냈다.

"보기만 해도 떨리네요, 형님."

황찬성이 몸을 부르르 떨어가는 시늉을 하며 말했다.

"오빠 덩치를 보고 할 소리는 아닌 것 같아요. 예전보다 엄청 커진 것 같아요. 무서워요."

"많이 커졌지. 아주 커졌어. 누가 보면 몸뚱이가 두 개 인 줄 알거야. 물론 방어구 탓도 있긴 하지만, 확실히 이러면서 기동성이 떨어졌어. 하나를 가지려면 하나를 포기해야 하지. 당연한 결과야."

이유리의 말에 황찬성이 고개를 끄덕였다.

처음 파티 플레이에서 만났을 때만 해도 서로 무미건조한 대화를 나누던 두 남녀였지만, 이제는 오빠동생 하는 사이로 지내며 친한 사이가 되어 있었다. 물론 이유리와 동원 사이에 존재하는 감정과는 완벽하게 다른, 정말 편한 오빠 동생의 사이였지만.

"이 악취… 정말 견디기 힘드네요. 참으려고는 하는데, 잘 참아지지가… 우욱."

규현이 코끝을 계속해서 파고드는 악취에 헛구역질을 했다. 확실히 냄새가 고약했다. 도대체 이 냄새의 원천은 무엇일까? 동원은 냄새에 둔감해졌는지, 이제 제법 견딜 만했다. 동원은 잠시 일행을 향해 손을 뻗고는 더욱 냄새의 깊이가 짙어지는 방향으로 성큼성큼 움직였다.

바로 그때.

그르르! 그르르르!

일행이 딛고 있던 지면이 어지럽게 움직이기 시작했다. 그러더니 방금 전까지만 해도 진흙으로 가득했던 공간에서 마치 아귀의 입모양을 닮은 모습의 물체가 솟구쳐 올라왔다. 그리고 팝콘을 쏟아내듯, 뻥 뚫린 입안에서 계속해서 무언가를 토해냈다.

펑! 퍼펑! 펑! 펑!

한 번 토해낼 때마다 수십 개의 묵직한 덩어리들이 터져 나왔는데, 허공으로 비산하며 그 덩어리들은 각각 하나의 괴생명체가 되어 지면에 착륙했다. 변이체인 것이다.

불과 주먹 두 개를 합쳐놓은 크기에 불과했던 덩어리들이 순식간에 75㎝ 정도의 길이를 가진 변이체로 변했다.

모습과 외형은 두꺼비와 비슷했는데, 다리 네 개가 하단에 모두 몰려 있었고 몸통 부분은 거대한 입으로 이루어져 있었다. 눈은 있지도 않았다. 그리고 입안에는 셀 수 없을 만큼 많은 이빨들이 보였다. 저기에 물리게 되면 손이든 무엇이든 남아날 것 같지 않았다.

"심심치는 않겠네요."

규현이 주변을 둘러보며 말했다. 방금 전까지 아무것도 없던 습지 위에는 어느새 수백 마리가 넘는 두꺼비 변이체들이 위용을 뽐내고 있었다. 하나같이 모두 다리와 입으로만 구성된 녀석들이었다. 보는 것만으로도 혐오스러운 개체인 것이다.

"자리 좀 잡을게요."

이유리가 보조 기술을 이용해 빠르게 뒤로 빠져나갔다. 이유리의 보조 기술 중에는 속보(速步)가 있었다. 3초간 평소의 2.5배의 이동속도 증가 효과를 주는 기술로 최대한 원거리를 잡고 공격을 이어가야 하는 그녀에게는 시너지 효과가 좋은 보조 기술이었다.

"내가 북쪽을 맡지. 규현이 서쪽, 찬성이가 동쪽."

"삼각빤스 편대로요. 알겠습니다."

"서쪽은 좀 수가 적은데요? 찬성 씨, 자리 바꿀까요?"

"걱정 마십쇼! 한 마리도 그쪽으로 못 갈 테니까!"

순식간에 대화가 오고 갔다. 그 와중에도 황찬성은 농담을 잊지 않았다. 아쉽게도 그 농담에 웃음을 흘린 사람은 단 한 명도 없지만.

"후우."

자리를 잡은 동원이 심호흡을 하며, 정면에서 몰려드는 두 꺼비들에게 시선을 고정시켰다. 그 순간, 끼리릭 하는 소리와 함께 활시위를 당기는 소리가 들린다.

이유리에게는 팀플레이에 최적화된 T2, T3 기술이 있었다. T2 기술은 속사로 빠른 다음 공격이 가능했다. 여기에 아주 궁합이 좋은 것이 T3 기술이었는데, 일반적인 공격 능력만 부여된 화살에 특별한 힘이 주어지는 것이다.

일종의 속성 부여였다. 속성은 네 가지가 있었다.

첫째는 불로 말 그대로 불화살이다. 피격된 대상이나 지면이 일정 범위의 불길을 형성시키는 공격이었다. 둘째는 결빙으로 피격된 대상의 움직임을 둔화시키거나, 지면에 기동성을 약화시키는 결빙 공간을 형성했다. 셋째는 바람으로 정해진 타깃을 확실하게 타격하는 유도 능력이 있었다. 마지막은 대지(大地), 피격된 대상을 0.75초간 속박을 거는 효과가 있었다.

해당 속성 부여는 총 여덟 번이 가능했고, 속성은 하나로 전부 '몰빵'을 해도 상관없었다. 분배를 하든 몰아서 쓰든 마음이지만 8발이 최대치였고, 재사용 대기시간은 최종 8발째 공격이 끝난 뒤, 30초 후였다.

핑! 피핑!

동원이 파워 웨이브를 전개하기 위해 최상의 각을 잡는 동안, 이유리의 지원 사격이 가장 먼저 동원의 방향 쪽으로 이어졌다.

두 발의 화살이 동원의 양옆을 스쳐 지나가고, 이내 동원을 향해 몰려들던 두꺼비 무리들의 한가운데에 그대로 내리박혔다.

드득. 드드드득.

그 순간, 습기가 가득했던 지면이 순식간에 얼어붙으며 두꺼비들이 방향을 제대로 잡지 못하고 미끄러지기 시작했다. 그 바람에 어지러이 뭉쳐진 두꺼비 '덩어리' 들이 밀려오다시피 동원에게로 오기 시작했다.

동원은 바로 자세를 잡았다. T3 기술, 파워 웨이브를 맞추기에 최적의 상황이었다.

쿠우우웅!

그 순간, 엄청난 폭음과 함께 강력한 충격파가 동원의 건틀 릿 끝을 따라 부채꼴 모양으로 펼쳐져 나갔다.

빠지지직!

파삭! 파사사삭! 파삭!

충격파로 인해 다수의 히트가 적용되면서 순식간에 스태틱 포인트가 100이 달성됐고, 이미 충격파로 양념이 된 변이체들이 전류의 파장에 종잇장처럼 찢겨져 나갔다. 순식간에 아수라의 증오 스탯도 5로 올라갔다. 타격을 가할 개체가 많을수록 중첩 속도는 확실히 빨랐다.

"하앗! 타앗! 하앗!"

규현은 달려드는 두꺼비들을 상대로 계속해서 쾌검식의 빠른 타격으로 두꺼비들을 처리했다. 검이 허공에 검로를 만들어낼 때마다 토막이 난 두꺼비의 시체가 우수수 떨어져 내렸다.

"아, 역시 시간이 좀……."

순식간에 정리된 동원 쪽, 그리고 빠르게 처리를 하고 있는 규현 쪽과 달리 찬성은 고전하고 있었다. 처음에는 늘 그랬듯이 황찬성 드롭킥! 하고 기세 좋게 두꺼비들을 타격했지만 워낙에 수가 많다 보니 비효율적이었다.

그리고 상대의 타격 데미지의 일정 비율을 되돌려주는 가칭 '데미지 리턴' 기술도 광역 기술은 아니었다. T3 기술인 수플렉스(Suplex)는 드롭킥과 동일하게 대인 기술에 가까웠다.

"이게 처리는 됩니다! 처리는 되는데 시간이 좀 걸리는 거예요. 아시죠?"

"지원할게요."

핑! 피핑! 핑! 핑!

이유리가 계속해서 속사를 전개했다.

황찬성의 공언과 달리 흘러나온 몇 마리의 두꺼비들이 그녀를 노리고 달려들었지만 그때마다 속보로 거리를 벌려 안전하게 사냥했다. 그리고 생각보다 더 거리가 가까워진다 싶으면 결빙 속성을 부여한 화살을 날려 움직임을 둔화시켰다.

속성 부여 화살은 속성에 맞게 극대화된 효과를 내기 때문에 팀플레이는 물론이고 개인의 전투에서도 효과가 좋았다. 결빙으로 인해 이동이 둔화되면 그만큼 샌드백 신세가 되게 마련이다. 게다가 11%의 확률로 발생하는 크리티컬 히트는 이따금씩 화살 한 대에 몸이 퍽 하고 터져 버리는 두꺼비들의 비명횡사를 보게 만들기도 했다.

이유리의 지원 사격과 파워 웨이브로 굵직한 무리를 제거한 뒤, 잔챙이들을 각각 카운터와 로우 킥으로 알맞게 정리한 동원은 찬성의 전장에 합류했다.

로우킥은 보조 기술로 데미지 자체는 높지 않았지만, 동원이 자주 하단 기술을 사용하면서 자연스럽게 익숙해진 기술이었다. 언제부터인가 필요에 의해 킥을 가미한 복싱 형태로 퀘스트를 치러왔다.

처음에는 다리의 사용이 익숙지 않았지만, 틈틈이 인근의 도장에 나가 킥복싱에 대해 배우고 익숙해지는 시간을 가지면서 어느새 꽤 발기술이 익었던 것이다.

때문에 상단을 이용한 공격으로 인해 발생할 수 있는 하단의 약점을 완벽하게는 아니더라도 어느 정도 커버가 가능했다. 두꺼비들도 동원의 몸통만 노리는 것은 아니었기 때문에 중단이나 하단을 노리는 두꺼비들의 공격을 펀치로 막아내며 동시에 두어 번의 공격으로 양념이 된 두꺼비들을 킥으로 제거할 수 있었다.

"그간의 고충을 알 것 같군."

"이게 형님, 잡기는 잡아요. 시간이 좀 걸려서 그렇지. 저는 버티기가 된다니까요."

동원이 빠르게 합류하며 미소를 지어 보이자 황찬성이 민망한 듯 얼굴을 붉혔다. 동원도 황찬성의 말이 무슨 뜻인지는 이해하고 있었다. 황찬성은 동원보다 더 대인전에 특화된 스피어러였다. 동시에 까다로운 네임드나 변이체를 상대로 장기간의 탱킹을 해줄 수 있었다. 그 점이 강점이었다.

"에라이!"

민망한 마음에 황찬성은 인상을 찌푸리며 신경질을 냈다. 그러고는 동원과 이유리의 공격에 쓰러져 나가는 두꺼비 변이체들 사이를 파고들어 눈먼 한 놈을 잡았다.

"황… 아니, 저먼 수플렉스다. 이 개자식아!"

몸뚱이가 크지 않아 잡을 만한 구석이 많진 않았지만, 끓어오르는 부끄러움을 달랠 희생양이 필요했던 황찬성은 순식간에 두꺼비의 등 뒤로 돌아가 양팔로 두꺼비의 하얀 배를 움켜

쥐었다. 민망한 마음에 차마 기술명에 자신의 이름을 붙이진 못했다.

빠악! 퍼석!

그리고 정말 눈 깜짝할 사이에 녀석을 들어 올린 뒤, 그대로 뒤로 내려찍었다. 그 힘이 어찌나 강했던지 내려찍힌 두꺼비는 그 자리에서 흔적도 없이 산산조각이 나 찢겨져 없어졌다. 말 그대로 '터져 버린' 것이다.

동시에 내려찍힌 자리가 깊게 파이며 순간 사방으로 충격파가 퍼져 나갔다. 묵직한 지축의 울림이었다.

상황은 빠르게 정리됐다.

아직까진 탐색 수준이기에 그럴지 몰라도 변이체들은 위협적이지 못했다. 수는 많았어도 이를 정리할 광역 기술이 있기 때문에 처리 속도가 빨랐다.

동원 일행은 두꺼비 변이체와의 전투를 마무리하고는 스피어를 루팅한 뒤 빠르게 습지대 안으로 더욱 깊이 들어섰다.

\*       \*       \*

시간은 빠르게 흘러 12시간이 지났다.

확실히 스타팅 포인트에서 멀어지고 섬 중심에 가까워질수록 다수의 변이체들이 모습을 드러내고 있었다. 처음에는 광역 기술 한 번에 정리가 되던 변이체들도 슬슬 버텨내는 놈들이 생겼다.

황찬성은 등장하는 변이체들 중에서 유독 덩치가 크거나 맷집이 좋은 녀석을 집중적으로 상대했다. 이유리는 동원의 타격 시간을 벌 수 있도록 결빙 능력 위주로 편성 된 공격을 펼쳤다. 규현은 빠른 이동과 신속한 검격이 가능했기 때문에 주로 황찬성이 시간을 끌고 있는 거대 변이체를 상대로 한 공격으로 호흡을 맞췄다.

하루의 절반에 가까운 시간을 끊임없이 이동하고 전투를 치르며 호흡을 맞춘 덕분에 이제 네 사람은 굳이 별도로 명령을 내리지 않더라도 알아서 역할 분담을 할 정도가 되어 있었다.

그렇게 익숙해질 무렵에 적절하게 첫 번째 준네임드를 공략할 시간이 됐다.

"오늘 12시간 동안 쉴 새 없이 챙긴 스피어 수가 상당하네요. 아주 짭짤해요. 형님 판단처럼 부지런히 움직이는 게 확실히 답인 듯한데요. 그나저나 야… 저건 뭐라고 부르는 게 좋을까요?"

황찬성이 호기심 가득한 눈빛으로 말했다.

제단 아래의 계단에 먼저 도착한 동원 일행은 제단 쪽에 보이는 준네임드에게서 시선을 떼지 못하고 있었다. 한편 등 뒤로는 저 멀리서 오고 있는 동료들이 보였다. 앞으로 5분에서 10분 뒤가 되면 모두 자연스럽게 합류할 것 같았다.

"고릴라가 적당하지 않을까요? 딱 그렇게 생겼는데."

이유리가 가장 직관적으로 떠오르는 이미지의 동물을 말했다. 적갈색 털로 뒤덮여 있는 몸. 길쭉하게 뻗은 손과 다리. 그리고 험상궂게 일그러진 얼굴까지.

고릴라를 연상케 하는 준네임드는 제단의 봉인으로 만들어진 결계 안에서 매서운 눈빛으로 주변을 응시하고 있었다. 저 결계는 출입을 불가능하게 만들기 때문에 먼저 튀어나올 염려는 없었다.

제단의 봉인을 1차로 해제하게 되면 결계가 사라질 것이고 그때부터 준네임드에 대한 헌팅이 시작된다. 그다음 준네임드를 제거해야 2차로 해제되며 제단의 전체 봉인이 풀리게 되는 것이다.

"쉽지 않겠군."

동원이 점점 일렁이기 시작하는 제단 근처의 수풀들 사이를 보며 마른침을 삼켰다. 준네임드 하나만 상대하기 위한 공간이라 보기에는 너무 넓은 공간이다. 분명 그다음이 있을 터.

키히힉! 키힉!

그 순간 예상했던 대로 제단 근처의 수풀들 사이를 비집고 나타나는 것들이 있었다. 준네임드의 모습을 쏙 빼닮은, 하지만 크기는 절반 정도 되는 고릴라들이었다.

제단의 영향권 안에 동원 일행이 발을 내딛면서 대기 상태를 유지하고 있던 준네임드의 수하들도 움직이기 시작한 것이다. 동시에 자동으로 제단의 봉인도 풀리기 시작했다.

"이거 벌써 시작이에요? 저 위의 제단에 올라가거나 해서 봉인을 해제하는 건 줄 알았는데?"

황찬성이 당황한 듯, 두어 걸음 뒷걸음질을 쳤다가 다시 앞으로 나섰다.

"이렇게 된 이상 패턴이라도 봐야지. 뭐해, 들어가자!"

"지원 갈게요!"

"북서쪽은 제가 맡습니다!"

"하아, 씨벌… 제가 일단 왕대가리한테 붙어볼게요."

"아니, 유리를 지켜. 유리가 딜을 할 수 있는 시간을 벌어. 놈은 내가 먼저 상대한다."

동원이 앞서려는 황찬성을 제지했다. 초근접 상태로 공격을 이어가야 하는 황찬성은 변수에 취약하다. 먼저 약점을 파악한 다음에 황찬성이 붙는 형태가 좋다.

동원은 황찬성과 이유리를 붙여주고는 신속하게 네임드 고릴라를 향해 달려들기 시작했다.

[북서쪽 제단의 봉인이 풀렸습니다. 제1 네임드, 자이언트 고릴라

〈Giant Gorilla〉에 대한 공략이 시작됩니다.]

동시에 모든 참여 스피어러들에게 같은 내용이 공지됐다. 그러자 저 멀리서 천천히 걸어오던 스피어러들이 순식간에 속력을 내며 빠르게 가까워져 왔다.

졸지에 시작된 첫 번째 전투. 상대는 거구의 동물 변이체. 자이언트 고릴라였다.

제6장
**자이언트 고릴라**

끄웨에에엑!

"만만하게 보지 말라고, 이 새끼들아!"

자이언트 고릴라 사냥의 첫 포문은 황찬성이 열었다. 완벽하게 정타로 들어간 드롭킥 공격에 얼굴 한가운데를 정면으로 맞은 부하 고릴라는 비명을 내지르며 한참을 날아가 떨어졌다.

드롭킥을 전개하고 착지를 하는 사이, 예상했던 대로 다른 고릴라들의 공격이 이어졌다. 황찬성은 몸을 웅크린 채 그대로 공격을 받아냈다.

분명 보이는 광경은 고릴라들이 황찬성을 상대로 집단 린치를 가하는 것 같은 광경인데, 어찌된 일인지 시간이 지나자 오히려 몇몇 고릴라가 자신의 팔목과 가슴 언저리를 움켜쥐며 고통스러워하는 모습이었다.

　규현은 동원이 자이언트 고릴라를 원활하게 상대할 수 있도록 근처로 몰려들고 있는 고릴라들의 경로를 차단했다. 단, 초창기에 마주쳤던 두꺼비들처럼 추풍낙엽으로 죽어나가는 것은 아니어서 규현은 계속해서 위치를 바꿔가며 고릴라들을 상대해야 했다.

　그러는 사이, 동원이 자이언트 고릴라의 코앞까지 진입했다. 2.7m에 가까운 키, 넓은 가슴. 그리고 길쭉하게 뻗은 팔. 모든 것이 위압적인 생김새를 가진 녀석이었다.

　휘이이이이, 푹!

　그사이, 이유리의 화살 한 대가 날아와 자이언트 고릴라의 팔뚝에 명중했다.

　"…보스에게는 속박 효과 적용이 안 되는 건가 보네요."

　이유리는 동원이 유리하게 공격을 풀어나갈 수 있도록 대지의 속성이 부여된 화살을 날렸지만 아쉽게도 자이언트 고릴라에게는 효과가 없어 보였다. 사실 그게 당연했다. 속박 효과가 적용된다면 1발에 0.75초씩, 총 8발 6초간의 속박 효과를 기대할 수도 있을 테니까.

"실력 좀 보자."

퍼억!

동원이 호기롭게 자이언트 고릴라를 향해 선공을 가했다. 아주 기본적인 라이트 펀치였다.

쿠후?

자이언트 고릴라는 자신의 옆구리에 박힌 동원의 주먹에 별다른 고통을 느끼지 못한다는 듯, 우악스런 얼굴로 미소를 지어보였다. 그 꼴이 더욱 보기 흉했다. 혐오스러울 정도로.

쿠후웃! 후웃!

이번에는 자이언트 고릴라의 반격이 이어졌다. 녀석은 긴 팔을 이용해 사선으로 내려찍듯 동원을 향한 공격을 펼쳤다.

동원은 어렵지 않게 공격을 피해냈다. 준네임드라는 이름 치고는 움직임이 기민하지 못했다. 어쩌면 나름대로 기민한 네임드의 움직임이 그 이상으로 민첩성이 발달해 있는 동원에게 '상대적으로' 느리게 보이는 것일지도 모른다.

카운터 발동.

동원은 미련 없이 바로 자이언트 고릴라의 하단을 노린 로우 킥을 전개했다. 그러자 위력이 강화된 로우 킥이 그대로 자이언트 고릴라의 오른쪽 다리에 명중하며 일순간 녀석의 몸이 비틀거렸다.

동원은 그 빈틈을 놓치지 않고 그대로 자이언트 고릴라에게 달려들었다. 상대가 가장 많은 빈틈을 노출할 때는 몸의 중심과 균형을 잃어버렸을 때다. 모든 신경을 원래의 중심을 되찾는 데 빼앗기기 때문이다.

쿠웅!

동원이 묵직하고 깊숙하게 파고들자 자이언트 고릴라가 동원의 힘을 이겨내지 못하고 뒤로 나자빠졌다.

퍽! 퍼퍽! 퍽! 퍽! 빠지지지직!

동원이 마운트 포지션 자세에서 그대로 펀치를 아래로 내리찍었다. 타격이 이어질 때마다 빠르게 스태틱 포인트가 쌓이고, 풀 스택이 되자 전류가 방전되며 자이언트 고릴라의 상처를 비집고 파고들었다.

그윽! 그으윽! 그윽!

자이언트 고릴라는 이렇다 할 반격도 제대로 하지 못하고 계속 신음을 토해냈다. 한데 약간의 변화가 일어나기 시작했다. 적갈색이었던 털의 색깔이 점점 검게 변하기 시작하고, 눈동자의 색깔도 그에 맞게 변하고 있었던 것이다.

캬아아악!

"큭!"

그 순간 자이언트 고릴라가 살기가 가득한 눈빛을 쏟아내며 엄청난 괴력을 발휘해 동원을 뒤로 밀쳐 냈다.

동원이 반사적으로 바로 디펜시브를 전개하지 않았다면

부상을 입었을지도 모를 일격이었다.

디펜시브로 피해량을 감소시킨 동원이었지만, 그 힘을 전부 버텨낼 수는 없었기에 동원이 지면을 따라 몇 미터를 밀려난 듯 이동한 뒤 멈춰 섰다.

구앗!

자이언트 고릴라가 양손을 하늘 높이 치켜들었다. 마치 다음 자세를 준비하는 것 같았다. 그다음에 이어질 동작이 어떤 영향을 미칠지는 동원도 알지 못했다. 하지만 어림짐작은 가능했다. 왠지 지면을 강타하며 충격파를 쏟아낼 것 같은 느낌, 딱 그런 느낌의 자세였다.

쉬이이이익, 쿠웅! 쿠웅!

고릴라의 우악스런 양손이 약간의 시간 차를 두고 지면을 강타했다. 동원은 순간적으로 몸을 날리며, 지면에서 두 발을 뗐다. 그러자 동시에 방금 전 자신이 딛고 있던 지면을 따라 펼쳐져 나가는 거대한 충격파가 시야에 들어왔다.

"크윽, 제기랄!"

그때 뒤에서 규현이 터트린 신음이 들렸다. 동원이 시선을 빠르게 돌리자, 두 다리에 땅에 고정되어 버린 것처럼 움직이지 못하는 규현의 모습이 들어왔다. 황찬성도 마찬가지였다. 순간적으로 속보를 펼치며 위치를 재선정했던 이유리만이 영향을 받지 않았다.

구아아아앗!

"이런 패턴인가."

자이언트 고릴라의 시선은 동원이 아닌 규현에게로 향했다. 충격파로 인한 속박에 걸려 버린 타깃을 다음 공격 대상으로 삼은 것이다.

이 상태면 아무리 실력이 좋은 규현이라고 해도 저 우악스런 고릴라의 몸집을 정면으로 받아내야 했다.

동원은 바로 자이언트 고릴라에게로 붙었다. 여기서 돌진이라도 하게 되면 방어 능력이 떨어지는 규현은 버텨내기 힘들 것이다.

뻐억!

힘이 잔뜩 실린 동원의 라이트 펀치에 자이언트 고릴라가 걸쭉한 침을 토해냈다. 하지만 발동이 걸린 돌진은 이어졌다. 다행히 동원의 공격으로 인해 방향이 살짝 틀어지면서 아슬아슬하게 규현의 옆을 훑듯이 자이언트 고릴라가 지나갔다. 그리고 나서야 규현과 황찬성의 두 다리에 걸려 있던 속박이 풀렸다.

"이거 지랄 맞은… 속박인데요."

"점프해. 지면에 접촉하고 있는 신체 부위에 걸리는 것 같다."

"하."

"중간중간 등장하는 패턴이 있는 듯하니 전투 중에도 집중력을 잃지 마. 계속해서 이놈을 주시해."

파팟.

동원이 말이 끝나기가 무섭게 바로 자이언트 고릴라에게로 달려들었다. 광역기로 인한 속박, 이후 속박이 걸린 타깃에 대한 돌진. 주의를 기울이면 얼마든지 피할 수 있지만, 한 번 걸려들면 일격에 골로 갈 수도 있는 위험한 패턴이었다.

*　　　*　　　*

5분 정도의 시간이 지나고 나자, 자연스럽게 남은 일행들도 모두 합류했다. 작은 고릴라들은 계속해서 정리됐지만 정리되는 만큼 수풀 속을 헤치고 계속해서 쏟아져 나왔다.

문제는 자이언트 고릴라에게서 변화가 일어날 때마다 녀석들의 위력도 증가한다는 점이었다. 동원은 뒤이어 합류한 동료들에게 자이언트 고릴라의 피부와 털 색깔이 변할 때마다 이어지는 광역 공격 패턴에 대한 안내를 확실하게 했다.

다른 것은 몰라도 이 광역 패턴에 대해서는 반드시 숙지하고 조심해야 했다. 그러지 않으면 이유리나 서희처럼 방어력이 현저하게 낮은 스피어러들은 치명상을 입을 공산이 컸다.

그래도 넷으로 시작했던 전투가 열여섯으로 수가 불어나

면서 한결 역할 분담이 수월해졌다. 그러자 자연스럽게 황찬성이 동원의 옆으로 붙었다. 연계 공격을 펼치기 위해서였다.

본인이 '황찬성 수플렉스'라고 명명한 T3 기술은 이미 두꺼비를 상대할 때 확인했던 것처럼 매우 강력했다.

동원에게 시선을 빼앗긴 자이언트 고릴라의 등 뒤로 자연스럽게 접근하는 데 성공하자 황찬성이 그대로 자이언트 고릴라의 묵직한 몸을 움켜쥔 채로 그대로 수플렉스를 성공시켰다.

엄청난 거구의 고릴라가 허공에 호선(弧線)을 그리며 그대로 뒤로 내리꽂히자 지축이 뒤흔들렸다. 동시에 목과 머리가 제대로 지면에 충돌한 자이언트 고릴라의 두 눈의 초점이 흐릿해졌다.

동원은 지체할 것 없이 그대로 자이언트 고릴라의 상체를 두 다리로 압박한 뒤, 전력을 다해 얼굴과 목 언저리를 내리찍었다. 수플렉스는 재사용 대기 시간의 압박이 있기는 했지만, 적에게 큰 타격을 입히기에는 아주 효율적인 기술이었다.

황찬성이 일대일과 대인전에 자신이 있었던 것도 이 때문이었다. 지금처럼 확실하게 공격 포지션을 잡아줄 수 있도록 시선을 끌어줄 사람이 있으면 성공 확률은 더욱 높아졌다.

동원이 연타를 퍼붓는 동안, 자연스럽게 아수라의 증오 스탯이 쌓였다. 6에서 잠시 정체기를 맞이했던 스탯은 '일정 확률' 이라는 설명에 걸맞게 이번에는 속도감 있게 오르면서 단숨에 9까지 올랐다.

10이 되면 아수라의 증오가 아수라의 분노로 바뀌고, 공격력의 100%로 강화된 공격이 들어간다. 그리고 5초가 지나면 모든 기술의 재사용 대기 시간이 초기화된다.

동원은 자연스럽게 얼티밋 쪽으로 생각을 집중했다. 초기화가 되기 전에 얼티밋을 전개해야 초기화의 효과를 톡톡히 볼 수 있다.

뻐억! 뻐억! 뻐억!

"암바다, 이 돼릴라 새끼야!"

그와아아아악!

한 남자는 끊임없이 얼굴을 내려치고 한 남자는 팔에 두 다리를 내건 채로 팔꿈치를 꺾고 있었다. 고릴라와 두 남자가 한데 뭉친 채로 굵은 땀을 흘리는 광경이 야릇하게 느껴질 법도 했지만, 정작 본인들은 진지했다.

갸악!

그 순간, 또다시 고릴라의 털과 눈동자, 몸의 색깔이 변했다. 광역 공격을 펼치기 전의 패턴이다.

"왔다!"

그때 9스탯에서 올라가지 않던 아수라의 증오가 10스탯으로 변했다.

피눈물을 흘리고 있던 아수라의 모습이 사라지고, 잿빛 하늘을 향해 포효하고 있는 아수라의 모습으로 이미지가 바뀌었다. 5초간의 지속 시간이 지나면, 모든 기술의 재사용 대기 시간은 초기화된다.

동원은 망설임 없이 얼티밋을 전개했다. 다음 패턴이 예상됐기 때문이다. 이제 자이언트 고릴라는 자신을 밀쳐 내며 일어서려 할 것이다.

전개된 얼티밋의 1초간 파워 차징이 끝나고.

그왓!

자이언트 고릴라가 괴력으로 동원을 뒤로 밀쳐 내며, 광역 공격을 시전하기 위한 자세를 잡았다. 그 전에 미리 예상하고 몸을 빼내었던 동원은 자이언트 고릴라의 손동작에 맞게 몸을 피하며, 자연스럽게 카운터 발동 요건을 만족시켰다.

그러자 얼티밋, 피니쉬(Finish)의 직관적 이미지가 붉게 변했다. 카운터 요건이 충족되었다는 표시였다.

갸아앗!

자이언트 고릴라가 양손을 하늘 높이 치켜들었다.

바로 그때.

"하압!"

모든 준비가 끝난 동원의 일갈이 터져 나오며, 마치 붕권(崩拳)으로 타격하는 듯한 자연스러운 연속 동작이 이어졌다.

그리고.

광역 공격을 전개하기 위해 지면에 양손을 내리찍으려던 자이언트 고릴라의 가슴 한가운데에 그대로 동원의 피니쉬가 가감 없이 박혀들었다.

뻐어어어어어어어억!

그와아아아아아아아악!

"……!"

그 순간, 전장에 있던 모든 동료는 자신의 두 눈을 의심했다. 지금 허공에 포물선을 그리며 날아가고 있는 것은 자신들이 상대하고 있던 작은 부하 고릴라가 아니었다.

준네임드라는 이름을 달고 등장한 자이언트 고릴라였다. 그런 녀석이 피와 침이 뒤섞인 걸쭉한 덩어리를 토해내며, 허옇게 눈을 까뒤집은 채로 한참을 날아가고 있었던 것이다.

"……."

일순간 전장에 적막이 감돌았다.

지금껏 동원을 제외한 그 어느 스피어러도 본 적 없던 기술. 얼티밋이 등장한 것이다.


얼마 뒤.

[북서쪽 제단의 봉인이 완전 해제되었습니다. 제1 네임드, 자이언트 고릴라(Giant Gorilla)가 사망했습니다. 생존자 전원에게 힘의 버프가

주어집니다.]

안내 메시지와 함께 스피어러 전원에게 푸른빛의 기운이 생겨났다.

예고되었던 대로 15%의 힘 증가가 있었다. 서희 같은 마법사에게는 효과가 없을지 몰라도, 동원이나 황찬성 같은 근접 공격형 스피어러들에게는 효과가 좋은 버프였다.

자이언트 고릴라를 제거하면서 얻은 스피어는 자연스럽게 전체 스피어로 통합됐다. 워낙에 드랍된 스피어 개수가 많아 루팅하는 데만 몇 분의 시간이 걸렸을 정도였다.

D랭크가 되면서 한 개의 스피어를 루팅하는 데 걸리는 시간이 1.5초로 줄었고, 이후 C랭크에서 1초, B랭크에서 0.5초, A랭크부터는 즉각 루팅.

이런 식으로 단계적인 감소 예정이 있었지만, 여전히 걸리는 시간이 길게 느껴지는 건 같았다.

[제1 네임드, 자이언트 고릴라의 제거에 핵심적인 기여를 한 해당 스피어러에게 1개의 스페셜 스피어를 제공합니다. 바로 귀속되며 타인에게 양도할 수 없습니다.]

"저런 게 있었어요?"

어느새 동원의 옆으로 온 서희는 동시에 모두에게 공지된 내용을 보고는 고개를 갸웃거렸다. 그녀의 옆에 바로 붙어 있던 규현이 고개를 저었다.

"리더, 이건 처음 보는 것 같은데요."

"그치? 지난번에 우리가 도전했을 때는 없었잖아."

"압도적인 딜량 1위… 그런 게 아닐까요. 이건 좀 대박인데요?"

"그런데 그럴 수밖에 없잖아. 이미 양념이 되어 있었다고는 해도 단번에 네임드를 제거했으니……."

"이건 예상 밖의 경우인데다가 바로 귀속이 되어버렸군요. 이후 보상이 좀 더 쌓이게 되면 다음번에 좀 더 하드한 스페셜 던전으로 입장하든가 그렇게 하죠."

동원은 스피어 보유량이 표기된 내용 위에 바로 표시된 스페셜 스피어의 보유량이 1로 바뀐 것을 보고는 말했다. 일종의 MVP 포인트 같았다. 네임드 제거에 혁혁한 공을 세운 스피어러에게 주는 특별 보상 같은.

"찬열아. 근데 방금 형님이 쓴 기술… 그, 전북 익산 아니야?"

"형… 지금 우리 같은 생각한 것 같은데."

동원의 피니쉬.

그 모습을 보며 황찬성과 황찬열은 동시에 자신이 어렸을 적 즐겨 했던 게임, 킹 오브 파이터즈(King of Fighters)의 등장인물 중 하나인 료의 공격 기술명 중 하나인 일격필살을 떠올렸다. 들리는 소리가 마치 '전북 익산' 같다고 해서 붙여진

별칭 기술, 딱 그 기술의 동작과 동원의 피니쉬 동작이 일치
했던 것이다.

이어서 공지된 메시지 때문에 잠시 동원의 기술을 잊고 있
었던 동료들은 다시 방금 전, 자신들의 두 눈으로 똑똑히 본
기술을 떠올리고 있었다. 동원의 얼티밋, 피니쉬는 이유리도
직접 본 것은 이번이 처음이었다.

동원이 E랭크일 당시에 자신의 집에 머물면서 파워 웨이브
를 전개할 때, 이미 동원이 다음 기술을 미리 배웠다는 사실
은 알고 있었던 그녀였다. 그래서 이쯤에서 얼티밋을 배울 것
이란 예상은 했지만 직접 보니 가공할 만한 힘이 있었다.

"방금 그 기술. 혹시 얼티밋이에요? 저게 T3 기술은 아닌
것 같은데요. T3 기술은 따로 있죠?"

"맞습니다. 얼티밋이죠."

동원이 서희의 물음에 고개를 끄덕였다.

그러자 여기저기서 와 하고 탄성이 터져 나왔다. 놀라기는
서희도 마찬가지였다. 동원이 D랭크 6단계라는 사실은 모두
가 알고 있는 사실이었다.

얼티밋을 배우기 위해서는 C랭크 10단계, 승급전 자격을
갖춘 상태가 되어야 한다. 한데 벌써 얼티밋을 손에 넣었다
니. 그렇다면 이유는 단 하나밖에 없다.

"스페셜 스피어, 그 방에서 얻은 혜택이겠군요."

"그렇죠. 그래야 지금 제 상황의 앞뒤가 맞을 테니까요."

"…동원 씨, 점점 무서운 사람이 되어가고 있어요. 알아요? 지금 엄청난 기술을 우리 앞에서 보여준 거예요. 대한민국 최초의 얼티밋 사용 스피어러라구요!"

"그런 건 신경 안 씁니다. 어차피 랭크가 오르면 다들 사용하게 될 테니까요."

"그게 아니라, 그만큼 강하다는 이야기죠! 이런 어마어마한 폭딜은 본 적이 없어요. 한데 얼티밋을 이미 사용했으면 다시는 쓸 수 없는 것 아닌가요? 퀘스트당 1회 제한일 텐데… 너무 성급했던 것 아닐까요?"

서희는 얼티밋을 보았다는 사실에 흥분하면서도 한편으론 냉정하게 상황을 판단하는 모습이었다.

그녀의 판단이 맞다.

아수라의 분노라는 버프가 없다면 얼티밋을 한 번밖에 쓸 수 없기에 준네임드에게 얼티밋을 쓴 것은 어리석은 일이라 할 수 있었다.

"괜찮습니다."

"…뭐가 또 있어요?"

입가에 미소를 머금은 채 별일 아니라는 듯이 답하는 동원. 그 모습에 서희의 육감이 빠르게 발동했다. 얼티밋을 썼는데도 괜찮다?

"다시 조를 짜보죠. 다음 여정을 준비해야 하니. 이번에는 중간에 잠을 자는 시간도 필요할 테니 동선은 너무 길게 잡지는 않는 게 좋을 듯합니다."

"음… 알겠어요. 일단 그렇게 하죠. 질문에 대한 답은 나중에 들을게요, 동원 씨. 여러 가지로 기대가 되네요. 스페셜 스피어의 효용성을 더 체감하게 되는 것 같아요."

얼티밋을 본 것만으로도 이미 동원을 제외한 모든 동료들은 동원에 대한 경외(敬畏)감을 느꼈다.

서희와 규현, 그리고 쌍둥이 형제와 이유리는 동원이 아직 공개하지 않은 다른 혜택들에 대해 궁금해하면서도 직접 묻지는 않았다. 천천히 알아가는 그 나름대로의 재미가 있었기 때문이다.

동원이 보여준 얼티밋의 인상은 머릿속에 강하게 남았고, 이번 스페셜 던전에서의 퀘스트가 충분히 할 만하겠다는 인상을 강하게 주었다. 그 때문일까? 다음 이동을 준비하는 동료들의 움직임에도 속도가 붙었다.

\*       \*       \*

제1 네임드, 자이언트 고릴라 제거에 성공한 이후 스피어 내에서의 이틀 남짓한 시간이 지났다.

현실의 시간은 멈춰 있지만 이 섬에서는 벌써 해가 뜨고 지기를 두 번이나 반복한 상태였다.

총 스무 명의 입장자 중에 다섯 명의 희생자를 냈던 첫 번째 도전과 달리, 이번 도전에서는 단 한 명의 희생자도 발생하지 않았다. 확실히 동원과 이유리, 쌍둥이 형제의 합류가 전체적인 전력을 크게 향상시킨 것이다.

다만 아쉽게도 자이언트 고릴라 제거 이후, 아수라의 분노는 재발동되지 않았다. 때문에 동원은 활성화된 피니쉬를 사용할 기회가 없었다.

미리 쓴 다음 나중에 초기화를 노릴 수도 있었지만, 여차해서 초기화가 이뤄지지 않으면 최종 네임드를 상대할 때 고전할 가능성이 컸기 때문이다.

중첩은 보통 7에서 8사이에서 정체기에 접어드는 경우가 많았고, 20초의 지속 시간 동안 열심히 타격을 했음에도 다음 중첩이 이뤄지지 않아 번번이 다시 1부터 시작하는 경우가 많았다.

확률이 공개되지 않았기 때문에 '일정 확률'이라는 말은 정말 양날의 검과도 같았다. 믿으면 그만큼 느리게 느껴지고, 믿지 않으면 또 빠르게 느껴질 정도로 신속하게 쌓였다. 마치 제 맘대로인 느낌이었다.

이틀의 시간 동안 조 편성은 계속해서 바뀌었다.

동원이 소속된 팀을 기준으로 보면 처음에는 이유리, 황찬성, 규현이었다. 그다음에는 서희, 황찬성, 블랙 헌터의 클랜원. 그다음은 황찬열에 클랜원 둘. 다음은 동원과 클랜원 셋, 이런 식이었다.

다양하게 섞여 팀플레이를 하면서 저마다 맞는 호흡을 찾아갔다. 확실히 다들 실력이 있는 스피어러들인 덕분인지, 손발을 맞추는 데 걸리는 시간은 길지 않았다. 이제는 아무렇게나 팀원들을 섞어서 편성하더라도 충분히 호흡을 맞출 수 있을 것 같은 느낌이었다.

그렇게 도전 마지막 날.

제5 네임드였던 크로커다일(Crocodile)까지 제거한 팀원들은 풀 버프 상태를 유지한 채, 최종 네임드를 상대하기 위해 섬의 중앙에 위치한 제단으로 이동하고 있는 중이었다.

이제 네 시간 후면 최종 네임드가 중앙 제단에서 등장한다. 아직 누군지는 알 수 없었지만, 최종 네임드가 이 스페셜 던전에서 제공하는 스페셜 스피어의 보상 대다수와 다량의 스피어를 제공하는 만큼 반드시 제거해야만 했다.

*　　　*　　　*

"첫 번째와 다섯 번째 네임드에서 스페셜 스피어가 동원 씨에게 들어갔으니 두 개인 거죠?"

"총 두 개, 맞네요."

"두 번째에선 찬성 씨가 지속 탱킹을 하면서 하나, 세 번째에서는 찬열 씨가, 그다음은 규현이가 하나 이렇게 가져갔네요. 좋아요."

서희의 물음에 동원이 고개를 끄덕였다.

마지막 장소로 이동 중인 동원 일행은 서희와 이유리, 그리고 몸집이 꽤 좋아 보이는 남성 클랜원 하나가 동행하고 있었다.

"대단하시네요, 형님. 저희 영성고의 자랑이십니다, 후후."

클랜원이 동원을 향해 엄지손가락을 치켜들어 보였다. 남자의 이름은 전성우. 처음에는 알아보지 못했는데 나중에 대화를 나누다 보니 같은 고등학교 후배였다.

워낙에 위계질서가 칼같이 잡혀있는 블랙 헌터이다 보니 전성우는 처음에 동원을 바로 알아봤지만, 아는 체를 할 수 없었다. 전투에 대한 긴장감이 높아 리더인 서희의 허락 없이 편히 대화를 꺼낼 수도 없는 상황이기도 했다.

하지만 계속해서 네임드를 처치하고 이제 마지막에 이르러 편하게 쉴 수 있는 휴식 시간이 잠시 주어지면서 그가 서희에게 허락을 받고 동원에게 말을 건 것이다. 그리고 동원은 대화를 나누면서 그가 자신의 동문 후배라는 것을 알게 됐다.

"대단할 것까지는 없어. 그저 주어진 상황에 최선을 다할 뿐이고. 그만큼 다른 동료들이 나를 믿고, 네임드를 전담 마크할 수 있도록 역할 분담을 해줬으니 좋은 결과가 있었던 거다."

"에이, 네임드 마크는 아무나 합니까? 제가 했으면 진작 죽었을 텐데요."

전성우는 살갑게 동원에게 말을 이어가며, 연신 엄지손가락을 치켜드는 모습이었다.

"성우, 너 생각보다 말이 좀 많다? 원래 말수가 많지 않았잖아?"

"리더나 규현 형님 안 계실 때는 말 많이 합니다. 긴장이 풀리면 더 말이 많아지는 편이에요. 후후."

"그러니까 내 앞이 불편하다, 이거야?"

"그게 아니라 필요하지 않은 가벼운 이야기는 말씀드리지 않는 거죠. 저희들 말고도 신경 쓰실 클랜 내외의 일들이 많으시니까요."

서희의 말에 전성우가 능청스레 답했다.

밝은 기운이 느껴지는 녀석이었다. 동원은 기억을 되짚으면서, 잠깐 동안이긴 했지만 체육관에서 같이 운동을 했던 사이라는 것도 알게 됐다. 동문 후배, 학연이나 지연에 특별한 애착을 느끼는 건 아니었지만, 그래도 이런 식으로 과거에 연관점을 두고 있는 사람을 알게 되었다고 생각하니 기분이 묘했다.

한편으론 걱정도 됐다. 녀석은 동원과는 달리, 검을 사용했다. 김혁수와 비슷한 타입으로 무거운 검격으로 일격을 노리는 타입이었는데, 영 맞지 않는 옷을 입은 느낌이었다. 하지만 본인이 만족하고 있다 하니 그 이상 신경 쓰지는 않기로 했다.


두 시간 후.

동원 일행은 중앙 제단까지 한 시간 남짓의 거리를 둔 위치까지 도달해 있었다. 중간중간에 마주친 변이체들은 남김없이 사냥했고, 도망치는 것들까지 모두 쫓아가 보이는 무리들을 뿌리 뽑듯 제거했다.

다른 팀들도 상황은 비슷했는지, 비슷한 시기에 파티 전체의 스피어 총량이 급격하게 불어나는 모습이었다.

"좀 쉬다 갈까요? 생각보다 약간 체력이 부치는 느낌인데요."

"그러죠."

"마침 쉬고 싶었는데 잘됐네요."

서희의 말이 끝나기가 무섭게 동원과 이유리가 동시에 고개를 끄덕였다. 전성우는 아예 말이 끝나기도 전에 바닥에 드러누워 있었다.

"저는 잠깐만 눈 좀 붙이겠습니다. 정말 피곤하네요."

거짓말을 조금 보태 저 말이 끝나자마자 전성우는 바로 코를 골며 깊은 잠에 빠졌다. 마치 서희가 쉬자는 말을 꺼내기를 아주 오래전부터 기다렸던 것 같은 느낌이었다.


"후."

확실히 사흘간의 강행군은 몸에 적잖은 피로를 가져왔다. 틈틈이 수면을 취해가며 휴식을 했다고 생각했는데, 몸 전체에서 느껴지는 전반적인 기운이 무거웠다.

동원은 기대기 좋은 나무 하나를 골라서는 그 앞에 앉은 채로 등을 갖다댔다. 그리고 조용히 두 눈을 감은 채, 앞서 있었던 전투들을 하나하나 차례대로 복기했다.

"오빠, 많이 피곤해 보여요."

"확실히 체력 소모가 있는 것 같은데."

"그러게 왜 불침번을 자청해서 서고 그래요?"

"내가 직접 하지 않으면 마음이 안 놓이는 부분이 있거든."

쉬고 있는 동원의 옆에 먼저 자연스럽게 앉은 것은 이유리였다.

그녀는 피곤해 보이는 동원을 걱정하는 눈치였다.

던전 자체가 거대한 섬이고, 어디서 무엇이 튀어나올지 알 수 없다보니 모든 일행들은 잠을 잘 때 반드시 경계를 설 불침번이 필요했다. 자칫 모두 잠들었다가는 변이체들의 기습에 비명횡사할 수 있기 때문이다.

동원은 다른 동료들에게 충분히 그 역할을 맡길 수 있었지만, 단 한 번의 실수로 목숨을 잃을 수도 있는 전장인 만큼 그렇게 하지 않았다.

본인이 직접 불침번을 서다 보니 더욱 피로가 누적된 상황이었다.

"하아, 좀 앉을게요."

그러는 사이, 근처의 시냇가에서 손을 씻고 온 서희가 동원의 옆, 이유리의 반대편에 앉았다.

한 남자의 양옆에 앉아 있는 두 여자. 제3자가 보면 부러워하면서도 한편으로는 세 사람이 어떤 사이일까 충분히 궁금해할 법한 광경이다.

세 사람은 마치 약속이라도 한 것처럼 시원한 산들바람이 부는 풀숲 위에 걸터앉아, 눈을 감은 채로 휴식을 즐기는 모습이었다. 그런 탓인지 한참 동안 대화 없는 적막이 감돌았다.

"동원 씨."

이어진 적막을 깬 것은 서희였다. 그녀의 말이 괜스레 신경이 쓰인 탓일까? 좀 더 편하게 몸을 눕히고 휴식을 취하려던 이유리가 몸을 반쯤 일으켰다.

"음?"

"동원 씨에게 질문할 게 하나 있어요."

"말씀하세요."

"동원 씨와 유리 씨와는 어떤 사이에요?"

갑작스레 쑥 밀고 들어오는 서희의 질문에 얼굴 표정이 먼저 변한 것은 이유리였다.

순간 그녀의 얼굴이 붉어졌다. 동시에 자연스레 동원에게로 시선이 옮겨졌다.

"후후, 질문의 목적이 궁금하군요."

"임자 있는 사람은 좋아하지 않는 게 제 원칙이거든요. 그러니 확인을 좀 해야 할 것 같아서."

돌직구. 이 표현만큼 어울리는 단어는 없었다.

그리고 동원은 서희의 말에 무어라 답을 해주었다. 그 자리에 있지 않았던 사람이면 들을 수 없을 작은 목소리로.

답을 들은 서희는 한참을 가만히 있더니 미소를 지으며 고개를 끄덕였다. 이유리는 처음부터 끝까지 얼굴을 붉힌 채 아무 말도 없었다. 동원은 여전히 한결 같은 표정이었다.


그렇게 두 시간이 지나고.

드디어 마지막 봉인이 풀리며 최종 네임드가 등장했다.

자이언트 스파이더(Giant Spider).

대형 거미 변이체의 등장이었다.

"아."

한 사람의 표정이 어둡게 변했다.

제7장
**라스트 네임드**

"여러분, 제가 사전에 미리 양해 말씀을 구……."

"들어가, 이 새끼야!"

"아아아악!"

키헤에에에엑!

자이언트 스파이더, 즉 거대 거미와 눈이 마주친 황찬열이 약한 모습을 보이며 뒤로 물러서려는 순간. 뒤에 있던 형 황찬성이 황찬열을 발길질로 걸어차 버렸다.

시원한 발길질에 일행의 최전방으로 나서게 된 황찬열은 자연스럽게 자신을 바라보게 된 거대 거미를 바로 상대해야 했다.

"하아… 젠장! 아아아아악, 싫어, 싫다고!"

"이참에 한 번 제대로 몸을 섞어보고 공포를 극복해 보는 건 어때요? 지원할게요!"

서희가 앙탈을 부리듯 몸을 배배 꼬는 황찬열에게 응원 섞인 멘트를 날렸다.

"…갑니다."

그 순간 황찬열의 두 눈빛에 투지가 일었다. 형이 눈을 부릅뜨고 뒤에서 지켜보고 있는 판에 물러설 곳도 없었다.

"내가 확실하게 보조하지."

동원 역시 황찬열에게 힘을 실어주었다.

자신이 보기에도 정말 혐오감이 족히 들 법한 외형을 가진 거대 거미였다. 그동안 보아왔던 거미의 신체 부분 부분이 모두 대형화된 모습이었다.

가장 몸서리치게 만드는 것은 손가락 한 뼘 가까이 자라 있는 온몸의 잔털과 마주치는 것만으로도 기분이 더러워지는 거미의 홑눈들이었다.

"갈게요!"

황찬열이 다시 한 번 소리치며 달려들었다.

순간 허공을 가르며 이유리의 화살이 날아들었고, 서희의 마법 공격도 이어졌다. 동시에 황찬열의 몸을 둘러싼 붉은빛의 얇은 막이 생겨났는데, 바로 서희의 T3 기술이자 파이어 쉴드(Fire Sheild)라 명명한 방어 기술이었다.

파이어 쉴드는 단순히 방어 효과만 가진 것이 아니라 자체적으로 쉴드에서 불길과 열기를 발산해 내어 접근하는 상대로 하여금 데미지를 입도록 구성되어 있었다. 타인에게 파이어 쉴드를 걸어줄 경우에는 지속 시간이 짧았지만, 그래도 지원용으로는 더할 나위 없이 좋은 기술이었다.

캬학!

거대 거미가 전면에 위치한 더듬이 다리 두 개를 황찬열을 향해 뻗었다.

"잡았다!"

거대 거미의 더듬이 다리가 닿기 전, 별도의 준비 자세를 취하고 공격을 기다렸던 황찬열은 바로 더듬이 다리 두 개를 붙잡았다. 그 순간 황찬열의 양팔의 근육이 순식간에 터질 것처럼 부풀어 올랐다. 그리고 육중한 거대 거미의 몸이 그대로 들리더니 포물선을 그리며 한참을 날아갔다.

황찬열이 구사한 기술은 T2 기술로 간단하게 '잡기'라고 명명한 기술이었다. 말 그대로 상대의 공격 동작에 대해 미리 방어 동작을 준비한 뒤, 잡아서 들어 던지는 공격이었다.

방어 동작을 준비한 뒤, 0.5초 내에 이뤄진 공격에 대해서만 이렇게 극대화된 육체적 능력을 바탕으로 한 반격이 가능했기 때문에 상당한 집중을 요하는 고난이도의 기술이었다.

그 대신 상대방의 공격 데미지에 해당하는 만큼의 피해량을 그대로 돌려주고, 거기에 자신의 공격력이 추가되어 적용되기 때문에 상대방 입장에서는 카운터로 느껴질 수도 있는 엄청난 공격이다.

"아으으으… 털, 털이 닿았어, 아으으으!"

"저 새끼, 진짜 형제 망신 다 시키네……."

멋지게 한 방을 먹인 것 까지는 좋았는데.

그다음의 리액션이 참으로 모양 빠지는 황찬열이었다. 자신의 손과 팔뚝에 닿은 거대 거미의 잔털들이 남기고 간 기분이 너무나도 불쾌했기 때문이다.

"하아아앗!"

동원이 이어서 바로 거대 거미에게로 달려들었다. 그리고 나자빠진 거대 거미의 복부에 열심히 주먹을 박아 넣었다. 그 시간에도 계속해서 원거리 지원이 이어졌고, 어느새 주변을 둘러싼 다른 동료들이 쉴 새 없이 공격을 퍼부었다.

그때마다 거대 거미의 체력 수치의 퍼센티지를 알리는 체력 바가 빠르게 줄어들었다. 스피어 시스템이 이번 최종 네임드인 자이언트 스파이더에 대해서는 체력 비율의 변동을 보여주었던 것이다. 대상의 체력 변화를 시각적으로 쉽게 확인할 수 있어 유용했다.

"일단 패턴을 볼 때까지는 계속해서 공격을!"

동원이 소리쳤다.

그러자 모두가 고개를 끄덕이며 일제사격, 일제공격을 퍼부었다. 거대 거미가 몸을 일으키려 할 때마다 황찬성과 황찬열 형제가 붙어 움직임을 지연시켰다.

황찬성은 계속해서 드롭킥을 퍼부었다. 그리고 황찬열이 잡기를 성공시키고 들어 던질 때, 바로 그 몸뚱이를 이어받아 수플렉스를 연계했다. 두 사람만이 할 수 있는 독특한 연계 콤보였다.

이렇게 거대 거미는 열다섯의 동료들을 상대로 꽤나 고전하는 모습이었다. 초반에는 일방적인 공격이었다.

＊　　　＊　　　＊

"자꾸 이렇게 광역 패턴이 나오면 더 까다로워질 것 같은데요!"

"잡담하지 말고 집중해!"

황찬열의 말이 끝나기가 무섭게 동원의 굵직한 목소리가 전장에 울려 퍼진다.

그로부터 30분 후.

열다섯의 팀원들은 전력을 다해 거대 거미를 상대하고 있었다. 초반에 체력의 10% 정도가 빠지는 과정까지는 그저 맞기만 하던 거대 거미가 대대적인 반격을 시작한 것이다.

거대 거미의 공격 패턴은 과거에 마주쳤던 거미 변이체나 작은 거미들과는 차원이 달랐다. 수시로 후방으로 내뿜는 거미줄 공격은 노출된 스피어러들을 움직일 수 없는 행동 불능 상태로 만들었고, 거대 거미는 거미줄에 갇힌 대상을 향해 돌진하여 앞다리의 날카로운 부분을 이용해 쉴 새 없이 난도질했다.

이로 인해 동료 하나를 잃었다.

거미줄로 인한 피해를 줄이려면 절대 거대 거미의 후방에서 공격하는 일, 즉 뒤를 잡는 공격은 하지 말아야 했다. 정면이나 측면을 노려야 하는 것이다.

이를 모르고 뒤에서 공격을 하려던 동료 하나가 비명횡사를 했다. 순식간에 슈트 두 벌의 특수 능력이 빠져 버렸고, 결국 목숨을 잃은 것이다.

거대 거미는 체력이 80% 수준으로 떨어진 뒤, 10% 단위로 체력 수치가 떨어질 때마다 제단 중앙으로 이동해서 전방위적인 광역 공격을 퍼부었다.

등 부분에 반점처럼 보이는 부분이 벌어지고, 그 안에서 적게는 스무 개에서 많게는 마흔 개에 이르는 산성 액체 덩어리를 사방으로 쏟아냈는데 이것이 아주 큰 골칫거리였다.

보랏빛의 산성 액체가 떨어진 자리에는 반경 50㎝ 정도의 질퍽한 공간이 생겼는데, 이 위에 닿는 모든 것을 녹여 버릴 정도의 강산성이라 절대 밟아서는 안 되었다. 게다가 근방은 산성 액체에서 뿜어져 나오는 독기로 인해, 시야가 급격히 좁아지고 움직임이 느려지는 방해 효과가 있었다.

동시에 산성 액체가 떨어진 자리에서는 작은 거미들이 적게는 셋에서 많게는 여덟 마리씩 나타났는데, 크기는 60㎝ 정도로 거대 거미에 비하면 작았지만 날카로운 다리와 체력이 다했을 시 자폭하는 능력이 있어 상당히 까다로웠다.

미니 웜과 비슷한 최후를 맞이했기 때문에, 적당히 공격을 퍼붓고 나면 자리를 빠져나와 폭사(爆死)로 인한 피해를 피해야 했다.

산성 지대와 작은 거미들의 공격으로 스피어러들은 쉴 새 없이 자리를 재조정하면서 움직여야 했다. 하지만 체력 감소로 인한 거대 거미의 광역 패턴이 주기적으로 발생하면서 점점 운신 가능한 공간이 줄어들고 있는 중이었다.

그나마 다행인 것은 서희가 펼치는 파이어 쉴드가 산성 액체 공격을 막아낼 수 있었고, 덕분에 서희를 중심으로 한 반경 5m의 공간은 계속된 산성 액체의 타격에도 안전지대로 남을 수 있었다.

　　　　*　　　　*　　　　*

　난전은 계속됐다.

　광역 공격으로 인해 생성되는 작은 거미의 수가 많아지면서 동원과 함께 탱킹을 담당했던 황찬열은 자연스럽게 수비 방향으로 빠졌다.

　작은 거미들은 산성 액체를 통해서도 태어났지만 거대 거미가 광역 공격을 할 때마다 결계 외곽에서도 새로이 유입됐다. 내외부에서 계속해서 생성되는 작은 거미의 수가 상당했기 때문에 동원을 제외한 구성원들은 작은 거미를 상대하는 데에도 정신이 없었다.

　'좋아, 좋은 흐름이다.'

　동원은 동료들이 작은 거미를 전력을 다해 상대하고 있는 만큼, 거대 거미를 전담 마크할 수 있게 됐다. 자연스런 역할 분담이었다.

　거대 거미의 공격은 주로 전면의 더듬이 다리 두 개와 전방부의 다리 네 개가 중심이 됐다.

　후방부의 다리 네 개는 위치 및 방향을 조절하는 역할을 담당했는데, 이따금씩 거대 거미가 몸을 휙 비틀 때가 있었다. 방적 돌기를 통해 거미줄을 뽑아내기 위해서였다.

　하지만 동원의 움직임은 충분히 빨랐다. 오히려 거미줄 공격에 대한 회피 동작으로 카운터를 발동시켰고, 몸의 후면을 드러낸 거대 거미의 돌기 근처를 시원하게 후려쳤다. 그때마다 거대 거미는 비명을 토해내며 방적 돌기 사이로 아직 여물지 않은 단백질 덩어리를 힘없이 쏟아냈다.

하지만 마냥 거대 거미가 동원의 공격을 맞아주기만 한 것은 아니었다. 녀석에게는 학습 효과가 있었다. 동원이 회피 후에 카운터를 연계하는 식의 공격을 즐긴다는 것을 깨달았는지, 자신이 공격 동작을 취하면 바로 이어서 방어 동작을 취했다.

즉, 한쪽 다리로 공격을 하면 동원이 반대쪽 방향으로 피하면서 그쪽의 손을 이용해 펀치를 가했기 때문에, 바로 그 방향에서 다리를 들어 공격을 막았던 것이다.

물론 학습은 느릴 수밖에 없었다.

동원은 자신이 거대 거미의 패턴을 읽듯이, 자신의 패턴을 읽은 것처럼 대응하는 거대 거미의 모습을 보고는 역으로 공격 패턴을 가져갔다.

반대로 피하는 척하면서 다시 몸을 틀어 반대 방향에서 공격을 가했던 것이다. 그러다가 역(逆) 패턴에 적응한 모습을 보이면 다시 정상 패턴으로 공격을 가져갔다.

주거니 받거니는 계속됐다.

거구의 거대 거미가 쏟아내는 공격은 디펜시브와 회피만

으로는 막는 것에 한계가 있어서, 어느덧 첫 번째 심플 슈트의 내구도가 10% 수치로 떨어져 있었다. 내구도가 0%가 되면 특수 능력의 존재 여부에 관계없이 자동 소진되기 때문에 아까운 능력을 하나 날리게 되는 셈이었다.

'곧 아수라의 분노가 터지겠어.'

거대 거미와 전투를 하는 과정에서 아수라의 분노를 이끌어 낸 동원은 거대 거미에게 강력한 일격을 입힐 요량으로 그동안 파악한 녀석의 패턴을 바탕으로 한 피니쉬를 준비했다.

'이제 다시 앞쪽 다리로 공격을 해오겠지. 아직 광역 패턴은 아니니까.'

예상은 충분히 됐다.

두어 번의 타격을 이어가자, 이어서 아수라의 분노가 발동됐다.

초기화가 곧 이루어질 터. 동원은 바로 피니쉬를 전개했다.

1초간의 파워 차징이 끝나고, 동원은 거대 거미의 공격이 이어지길 기다렸다. 카운터 요건을 발동시키면 되기 때문이다.

한데 바로 그때, 예상치 못한 상황이 벌어졌다.

'움직임을 멈췄어?'

거대 거미가 동원의 피니쉬를 예측했는지, 혹은 패턴에 변화를 준 것인지 어떤 공격 자세도 취하지 않았다. 동원이 일부러라도 회피 동작을 만들어 볼 만한 조건 자체를 만들어주지 않은 것이다.

예상했던 흐름이 깨어지자, 동원이 살짝 멈칫거렸다. 카운터로 인한 강화 효과가 적용되지 않은 기본 피니쉬를 사용해야 하는 것이다. 이왕 피니쉬를 사용하게 된 마당에 안 쓰고 버리는 것은 아까웠다.

동원은 아쉬운 대로 카운터가 발동되지 않은 상태에서 피니쉬를 전개하기로 했다.

캬아아아아!

"……!"

바로 그때, 거대 거미의 반격이 이어졌다. 이미 동원의 공격 자세는 들어가고 있었다.

퍼억!

묵직한 느낌과 함께 카운터가 미적용 된 피니쉬가 거대 거미의 몸통을 후려쳤다. 순간 거대 거미가 걸쭉한 침과 함께 신음을 토해내며 살짝 뒤로 밀려났지만, 카운터가 적용되지 않은 피니쉬는 그야말로 '거센 한 방' 정도에 불과할 뿐이었다.

오히려 위기에 빠진 건 동원이었다.

공격 자세가 확실하게 들어간 상황이라, 바로 방어 자세를 취할 수가 없었다. 당연한 거대 거미의 공격과 이 과정에서의 회피를 계산하고 피니쉬를 준비했기 때문에, 계획이 틀어지자 새로이 임기응변을 하기 위한 시간이 부족했던 것이다.

캬악!

빠악!

"크윽!"

거대 거미의 매서운 공격이 그대로 동원의 가슴 한가운데를 꿰뚫었다. 동시에 동원의 몸이 허공을 가르며 날아갔다.

"오빠!"

"동원 씨!"

"형님!"

여기저기서 자신을 걱정하는 목소리가 터져 나왔다.

[심플 슈트의 특수 능력이 소진되었습니다. 자동으로 소멸됩니다.]

"이런 거였나……."

그 순간, 동원은 느꼈다.

카운터 효과가 들어가지 않은 피니쉬, 이른바 '뻘궁'의 리스크는 상당하다는 것을.

쿠웅! 쿠웅! 쿠우우웅!

"크으윽……."

아주 비싼 수업료였다.

한참을 날아간 동원은 바닥을 네다섯 번을 족히 구르고 나서야 겨우 중심을 잡고 일어설 수 있었다.

동원은 처음으로 경험한 피니쉬의 실수에서 느꼈다. 얼티
밋은 반드시 회피 요건이 발동되었을 때만 사용해야 하며, 그
렇지 않을 경우에는 재사용 대기 시간 초기화가 확실할 경우
에만 써야 한다는 것을.

모든 조건이 발동된 가운데 가하는 피니쉬는 그야말로 일
격필살이었지만, 그렇지 않으면 쓰지 않느니만 못한 공격이
었던 것이다.

실수는 한 번이면 족했다.

동원은 자신에게 아수라의 분노라는 좋은 버프가 있다고
해서 피니쉬를 남발할 생각은 없었다. 목숨이 걸린 전장에서
사치, 낭비라는 단어는 어울리지 않는다. 실수는 곧 죽음으로
이어지고 다음은 없다.

부활 스탯을 구매하기 위해서는 천 스피어가 필요하고, 그
나마 한 번 구매한 뒤 사용이 되고 나면 가격이 급증하는 시
스템이라고 했다.

이미 스피어러 중에 한 번 죽음을 경험한 사람의 증언이 있
었기 때문에 알 수 있었다. 첫 구매는 천 스피어로 가능하지
만 그다음에 부활 스탯을 구매하려면 오천 스피어가 소모된
다고 했다. 사실상 많아야 스피어러당 한 번 정도의 구매 기

회가 있는 셈이다. 동원에게도 오천 스피어는 아직 먼 나라의
이야기였다.

"동원 씨, 괜찮아요?"

바로 옆에 있던 서희가 동원을 부축했다. 동원은 바로 몸을
일으켰다. 온몸이 충격으로 인한 고통으로 욱신거렸지만 버
틸 만은 했다.

"쉴드 걸어줄 수 있죠?"

"물론이죠."

"다시 들어갑니다. 지원 부탁합니다."

"알겠어요!"

말이 끝나기가 무섭게 동원의 몸 전체에 붉은 보호막이 생
겨났다.

비싼 수업을 받았으니, 이제 밥값을 할 차례였다.

동원은 입가를 타고 흘러내리는 핏물을 신경질적으로 토
해내고는 다시 거대 거미를 향해 달려들었다.


\*            \*            \*


시간이 흐르고.

전투가 막바지에 이르면서 움직이기는 더욱 까다로워졌
다. 전투와 동시에 거대 거미를 상대하는 제단 전체에 빠져나

갈 수 없는 결계가 생겼기 때문에, 열다섯의 스피어러들은 제한 된 공간을 이동하는 방식으로 혈투를 거듭하고 있었다.

체력이 전체의 15% 수준까지 떨어진 거대 거미는 10% 간격으로 펼치던 광역 공격 패턴을 3% 간격으로 줄였다. 퍼센티지에 따르는 공격 패턴의 변화는 스피어 시스템이 거대 거미의 체력 수치를 보여주기 때문에 가능했다.

한편 잦아진 광역 공격 패턴으로 인해 더 많은 공간이 산성지대로 변했고, 그나마 독기로부터 안전한 지역은 서희가 계속해서 부지런히 파이어 쉴드를 펼치고 있는 공간이 전부였고, 나머지는 아슬아슬한 반경 1m 정도의 좁은 안전지대였다.

그나마 서희의 파이어 쉴드 반경 내에 모두가 위치할 수 있는 것도 아니어서, 몇몇 스피어러들은 저마다 계속 여기저기를 이동하며 안전지대를 찾는 상태였다.

덕분에 모든 스피어러들이 독기로 인한 시야 감소, 기동력 감소의 디버프 효과를 가감 없이 체험하고 있는 중이었다. 만약 12시간 간격으로 준네임드를 사냥하는 방식으로 풀 버프 상태를 유지하지 않고 있었더라면, 당장에 기동성이 크게 떨어져 목숨을 잃었을 가능성이 컸을 터였다.

시간 간격을 두고 풀 버프를 유지하기 위해 노력을 했던 것이 큰 도움이 된 것이다. 확실히 풀 버프 상태인 덕분에 거대 거미의 체력이 빠지는 속도는 상당했다.

동원을 포함한 동료들은 이번 스페셜 던전에서 전투를 치르면서 한 가지 확실한 것을 깨닫게 되었다. 바로 네임드들이 펼치는 광역 공격의 위험성이었다.

앞서 빅 웨이브 당시 아수라를 상대하면서 광역 공격을 체험을 해보긴 했지만, 그 당시 서울 스퀘어에 없었던 스피어러들은 경험해 볼 새가 없었다.

게다가 직전의 도전에서 서희를 비롯한 일행들이 경험했던 광역 공격은 이 정도로 까다롭거나 빈도수가 많았던 것이 아니라 했다. 생각보다 난이도가 높지 않았던 것이다. 그럼에도 불구하고 희생자가 발생했지만 말이다.

하지만 이번 도전에서 준네임드, 네임드들이 펼치는 광역 공격은 그야말로 실수 한 번이 죽음으로 이어질 수 있는 위험한 공격이었다.

지금 스피어러들이 필사적으로 산성 지대 위를 밟지 않으려고 하는 것도, 그 즉시 심플 슈트의 특수 능력이 소진될 정도로 강력한 산성이기 때문이었다.

12%, 9%, 6%.

계속 체력이 줄어들 때마다 거대 거미가 광역 공격을 펼쳤고, 이제 양쪽 모두 한계점에 다다른 상태였다. 원거리 공격이 가능한 서희나 이유리, 다른 클랜원들이 없었다면 진작 전

멸했을 터였다.

"제기랄. 상황이 썩 좋지 못한데."

동원은 진퇴양난의 상황에 빠져 있었다.

디버프 효과로 인해 어지러운 느낌이 드는 것은 둘째 치고, 3%가 되면 바로 이어질 광역 공격을 피해낼 재간이 없었다. 사방은 온통 산성 지대였고, 이 위를 지나지 않고 빠져나갈 방법이 없었기 때문이다.

겹쳐 입은 심플 슈트 두 벌 중 한 벌은 이미 '뻘궁'으로 인해 거대 거미로부터 당한 일격으로 능력이 소진되어 사라진 뒤다. 한 번의 일격은 막을 수 있겠지만, 기껏해야 산성 지대 위에서의 한 걸음을 벌어줄 정도였다. 그만큼 산성은 강력했다.

주변을 둘러보니 동원뿐만이 아니라, 대다수의 동료들이 다음 위치로 이동할 만한 공간이 없었다. 즉, 다음 광역 공격이 이어지고 머리 위에서 산성 액체 덩어리들이 떨어지게 되면… 그대로 산성 샤워를 하거나, 아니면 목숨을 내놓을 각오로 산성 지대 위를 건너가야 할 판이었다.

"이건 다음 패턴은 보면 안 될 것 같다."

동원은 승부수를 던졌다.

이번에도 뻘궁을 쓰면 동원의 목숨은 물론이거니와 팀원 전체가 몰살을 당할 우려가 있었다. 애초에 그렇게 설계된 것 같았다.

3%에서 이루어질 거대 거미의 광역 공격 패턴을 계산해 보니, 마저 남은 안전지대 전부를 잠식할 만한 견적이 딱 나왔기 때문이다.

소위 '패턴을 씹는다'라는 말이 있는 것처럼, 동원은 이럴 때 쓰기 위해 얼티밋이 존재하는 것이라 생각했다. 순간적인 큰 데미지, 이른바 '폭딜'이 가능하기 때문이다.

아수라의 분노는 이제 증오 단계의 6스탯으로 초기화를 기대할 수는 없었다. 지금과 같은 빈도의 히트수로는 초기화를 이끌어내기 전에 광역 패턴을 볼 판이었다.

"끝냅니다!"

"오빠!"

한 마디 외침과 함께 동원은 바로 거대 거미의 코앞까지 붙었다. 그사이, 뒤에서 동원을 걱정스럽게 부르는 이유리의 목소리가 들려왔다.

동원은 시선을 거대 거미에게 고정시킨 채, 계속해서 날아다는 화살과 마법, 비도(飛刀) 공격으로 감소하고 있는 거대 거미의 체력 수치를 확인했다.

4.5% 정도의 수치. 앞으로 4~5초 정도 집중 공격이 계속해서 이어지면 최종 광역 공격을 펼칠 것이다.

"날 봐! 날 보란 말이다!"

동원의 두 걸음 뒤에는 산성 지대가 있었다. 거대 거미가 딛고 서 있는 땅 위가 결계 안에서 가장 안전한 공간이었다. 거대 거미는 다음 광역 공격을 준비하려는 듯, 동원이 아닌 저 멀리 보이는 동료들에게 시선을 고정시킨 채 무시하는 모습이었다.

"어떻게든 회피 조건을 주지 않겠다는 거지."

앞서 학습 된 효과 때문인지 거대 거미는 옆에서 계속해서 펀치를 먹이는 동원에게 다리 한 번을 휘두르지 않았다. 이대로면 피니쉬를 허망하게 또 날릴 판이었다.

"가능할지도 모르겠군."

동원은 승부수를 던진 김에 확실하게 들어가 보기로 했다. 거대 거미는 광역 공격을 시전하기 전에, 제단 중앙으로 한 번 펄쩍 뛰는 사전 동작이 있었다. 그다음에 산성 액체 덩어리를 사방으로 쏟아냈던 것이다.

이 동작을 회피를 위한 조건으로 활용할 수는 없을까. 가능할 것도 같았다. 어차피 이대로 카운터가 안 들어간 피니쉬를 쓰는 것은 패턴을 안 볼 수가 없는 약한 공격이고, 패턴을 본다면 생존을 장담하기 힘들었다. 그렇다면 해볼 수 있는 시도는 해보는 것이다.

체력 수치가 3.5%의 수준으로 떨어지자 거대 거미가 중앙으로 뛸 준비를 했다. 그 순간, 동원은 미리 그 위치에 자리를 잡고 있었다. 동시에 바로 피니쉬의 파워 차징을 했다.

1초의 시간이 지나가 차징이 이뤄졌고, 4초의 지속 시간이 남았다. 그리고.

캬아아아앗!

거대 거미가 제단 중앙으로 점프했다. 그러자 육중한 몸이 일순간 하늘 전체를 가렸다가, 동원이 서 있는 자리로 정확하게 떨어지기 시작했다.

"하앗!"

동원이 일갈하며 몸을 날렸다. 거대 거미의 복부에 붙어 있는 털끝이 아슬아슬하게 얼굴을 훑고 갈 정도로 간만의 차를 두고 이루어진 회피 동작이었다.

"……!"

그 순간, 카운터가 활성화됐다.

성공이었다. 충분히 공격으로 인식될 법한 위치 변화를 이용해, 후방 이동을 전개한 것이 회피 동작으로 판정을 받은 것이다.

망설일 시간이 없었다. 저 상태에서 등 부분의 반점이 벌어지면, 이때는 그야말로 죽음의 샤워를 하게 되는 것이다.

"핫!"

동원이 지면을 박차며 다시 앞으로 몸을 날렸다. 그리고 카운터 효과가 적용되면서 완벽하게 풀 차징된 피니쉬를 미련 없이 거대 거미의 얼굴 한가운데에 박아 넣었다.

뻐어엉!

이제 막 등 근처가 부르르 떨리며 반점이 벌어지려고 하는 그 순간, 동원의 피니쉬가 적중하며 굉음이 사방으로 퍼져 나갔다.

시원하게 허공으로 날아오른 거대 거미의 몸이 제단 중심을 이탈해, 온통 산성 지대로 변해 버린 구역의 한가운데로 떨어졌다.

즉사였다. 동원의 피니쉬에 빈사 상태가 된 거대 거미는 산성 지대를 구르면서 그대로 전신이 녹아 없어져 버렸다. 숨통이 끊어진 것이다.

동원이 던진 승부수의 적중이었다.

동시에 얼티밋이 가진 가공할 만한 위력의 힘을 모든 동료들이 다시 한 번 체감하는 순간이었다.

후방 이동. 동원은 방금 전 자신이 연계한 동작의 이름을 가칭으로 그렇게 붙였다. 정말 아슬아슬한 회피였지만, 이것도 회피 조건으로 발동이 된다면… 앞으로 다양한 활용법을 생각해 볼 수 있을 것 같았다.

실험이 헛되지 않았음은 물론이거니와 덤으로 거대 거미까지 처치할 수 있었던 것이다.

제8장
암상인 개린드

"아… 정말 거미는 질색이야. 그냥 보기가 싫어. 근데 왜… 이번 퀘스트에서는 시작부터 해서 도대체 몇 번을 본 거야, 아……."

"정신 차려, 이 새끼야. 멘탈 나갔냐?"

"어… 평생 볼 거미 분량은 다 본 것 같아……. 하… 아으아아아……."

"찬열 씨, 일어나요. 저는 거미는 아니지만 지네 트라우마가 있거든요. 다리 열 개 이상 달린 것부터는 보면 정말 기절할 정도에요. 그래서 그런지 이해가 가네요. 얼른 일어나요!

자, 내 손 잡고요."

"하……? 오! 오, 일어나야죠. 일어나야죠. 사실 재미로 그런 거지, 거미 트라우마 같은 건 없는 편입니다."

자신에게 내미는 서희의 따뜻한 손길에 방금 전까지 형의 말에도 불구하고 바닥에 털썩 주저앉은 채로 한참을 멍하니 있던 찬열이 오뚜기처럼 일어섰다. 허풍 섞인 말을 곁들인 것은 기본이었다.

"그래, 동생아. 이건 선물이다."

그 순간, 황찬성이 황찬열의 얼굴 앞에 무언가를 쓱 내밀었다.

"무슨 선… 끄아아아아아악! 아아악! 아, 진짜! 아, 형! 형, 진짜! 아!"

황찬성이 내민 것은 얼마 전 때려잡은 작은 거미의 사체였다. 시스템상의 오류인지, 스피어화되지 않은 작은 거미 하나가 있었던 것이다.

때문에 사체가 그대로 있었고, 황찬성은 미련 없이 동생의 면전에 축 늘어진 거미의 사체를 들이밀었다.

그 순간, 황찬성이 소스라치게 놀라며 몸을 부르르 떨었다. 그 광경을 본 사람들은 하나같이 웃음을 터뜨렸다. 서희는 황찬열에게 동질감을 느끼면서, 한편으로는 아주 화려한 그의 리액션에 터져 나오는 웃음을 참지 못했다.

물론 계속 표정이 그리 밝지만은 않았다. 동료 하나를 잃었으니까. 하지만 그렇다고 해서 마냥 장례식을 치르듯 슬퍼하지도 않았다. 그저⋯ 어쩔 수 없는 운명이라 생각했다. 죽음을 감수하고 늘 도전하는 것이 스피어러의 삶이니까. 동원을 포함한 스피어러들은 그렇게 먼저 떠난 한 명의 동료들의 명복을 빌고는 종료와 관련된 메시지가 출력되길 기다렸다.

다들 바닥에 걸터앉은 상태. 모두가 탈진 상태였다.

[최종 네임드, 자이언트 스파이더의 제거에 핵심적인 기여를 한 해당 스피어러에게 1개의 스페셜 스피어를 제공합니다. 바로 귀속되며, 타인에게 양도할 수 없습니다.]

[중앙 제단의 봉인이 완전 해제되었습니다. 스페셜 퀘스트를 성공적으로 완수하였습니다. 일정 확률로 등장하는 암매상(暗賣商), 암상인 '개린드'가 등장합니다.]

"암상인?"

안내 메시지를 동시에 접한 스피어러들이 일제히 시선을 집중했다. 동원도 마찬가지였다.

파팟.

안내 메시지가 끝나자마자 한줄기 섬광이 번쩍이더니, 거대 거미와 산성 지대가 전부 사라지고 원래의 평지로 되돌아온 제단 중앙에 무언가가 모습을 드러냈다. 방금 전 안내 메시지가 언급했던 암상인 '개린드'인 모양이었다.

시간이 멈춘 듯, 모든 이들의 시선이 고정됐다. 그리고 섬광이 만들어낸 눈부심이 사라질 즈음, 중심에서 그가 모습을 드러냈다.

"자자, 안녕들? 어서와, 암상인은 처음이지?"

목소리의 주인공은 다름 아닌 고양이… 아니, 고양이처럼 생긴 생물체였다.

두 발로 걷는 고양이, 하지만 평범한 고양이라고 하기에는 배가 토실토실하게 불어 오른 뚱뚱한 고양이었다.

"지난번에는 없었어요. 이건 우리도 없던 사전 정보인데…….."

서희는 놀란 표정으로 개린드를 바라보고 있었다. 말이 좋아 암상인이지, 그냥 보고 있으면 애완용 고양이 한 마리를 보는 느낌이었다. 물론 눈동자의 색깔은 초록빛이고 귀는 토끼처럼 쫑긋 솟아 있어 고양이를 쏙 빼닮은 모습까진 아니었지만 말이다.

"방금 전에 안내를 받지 않았어? 일정 확률이라고 했잖아. 나는 나올 때도 있고 나오지 않을 때도 있어. 커넥팅을 하는 건 내 마음대로니까."

"와, 너 귀엽다?"

그사이, 성큼성큼 개린드에게 다가온 황찬성이 불룩 튀어나온 개린드의 배를 어루만졌다.

"……!"

"커헉!"

그 순간, 개린드의 표정이 변했다. 동시에 개린드가 육중한 황찬성의 몸을 한 손으로 움켜쥐더니, 이내 저 멀리 짐짝 던지듯 황찬성을 날려 버렸다. 전혀 예상하지 못한 일격을 당한 황찬성은 포물선을 그리고 한참을 날아가서야 지면을 나뒹굴며 떨어졌다.

"함부로 손대지 마. 특히 나는 같은 냄새가 나는 수컷들은 싫다. 암컷들은 모르겠지만 말이야. 흥."

"그럼 이건 괜찮아요……?"

눈치 좋은 서희가 바로 개린드의 앞에 다가가서는 그의 머리를 쓰다듬고, 하얀 털이 북실북실하게 자란 배를 쓰다듬어 주었다. 그러니 가만히 있는다. 방금 전까지 황찬성에게 적대감이 잔뜩 배인 시선을 보내던 것과는 달리.

"흐흐."

개린드가 사람 좋은 웃음을 지어 보이며, 되려 하얀 배를 앞으로 내밀었다. 호불호가 확실한 녀석이었다.

"자자, 우선 정산들부터 하는 게 좋을 것 같은데? 내가 대신 진행을 해주지."

개린드의 말이 끝나기가 무섭게 파티 전체 스피어로 합산되어 있던 스피어들이 생존자의 수에 맞게 15등분 되어서는 바로 각 스피어러들의 개인 저장 공간으로 이동됐다. 눈 깜짝할 사이에 배분이 끝났다. 인원수에 맞게 소수점 단위까지 맞춰서 분배가 되었기 때문에 불균형은 없었다.

"다음은 보상. 우선 스페셜 스피어들을 받고."

전투 중에 루팅한 스피어의 분배가 끝나고, 다음으로 퀘스트 보상이 분배됐다. 모든 스피어러가 우선적으로 각각 한 개씩의 스페셜 스피어를 보상 받았다. 이유리나 황찬성, 황찬열은 처음 손에 넣어보는 스페셜 스피어였다.

"이게 그 말로만 듣던……."

이유리의 두 눈에서 호기심 가득한 눈빛이 일었다.

이미 개인 귀속이 진행됐기 때문에, 이미지 형태로 보이는 스페셜 스피어를 볼 수 있었다. 모두가 하나같이 신기해하는 모습이었다.

무광택의 검은 스피어와 달리, 스페셜 스피어는 반짝이는 금빛이 인상적인 물품이었다. 금을 연상하게 하기 때문에, 더욱 욕심을 불러일으키는 형태이기도 했다.

"와, 저 망… 아니, 개린드 님, 죄송합니다."

망할 고양이라고 하려던 황찬성은 혹시나 그의 노여움을 살까 싶어 말을 바꿨다. 개린드는 이미 빈정이 상했는지 황찬성 쪽으로는 시선조차 두지 않고, 옆에서 연신 자신의 배를 쓰다듬고 있는 서희를 향해 흐뭇한 미소를 지어 보이는 모습이었다.

동원은 개린드를 보며 이 존재가 단순히 암상인이라는 이름만 달고 나온 것은 아닐 것이라는 생각이 들었다.

이제 그가 어떤 물건을 취급하는지, 어떤 형태로 나타나는 건지 알아봐야겠지만, 왠지 개린드가 이 스피어라는 시스템을 구축한 문명과 연관성이 있을지도 모르겠다는 생각이 불현듯 든 것이다.

물론 비약일 수도 있었다. 그렇게 따지면 시온과 같은 안내자들도 단순 안내인이 아니라, 외계 문명이라고 생각할 수도 있으니까. 하지만 안내자들과 달리 자신 특유의 성격이나 말버릇, 취향이 있는 개린드의 모습은 그간 스피어 내에서 보아 왔던 존재들과는 분명 다른 모습이었다.

이렇게 해서 동원은 총 네 개의 스페셜 스피어를 손에 넣었다. 첫 번째와 다섯 번째, 그리고 최종 네임드 사냥에서 MVP 포인트, 즉 기여도로 얻은 스페셜 스피어 세 개에 보상 하나가 추가됐기 때문이다.

두 번째, 세 번째, 네 번째에서 각각 고정 탱킹을 담당했던 찬성과 찬열, 규현은 그때 하나씩 스페셜 스피어를 챙겼고, 이번 보상을 합쳐 두 개가 되었다.

서희는 이번에 동원 덕분에 스페셜 스피어를 좀 더 얻을 수 있는 방법을 알게 됐다. 다수의 인원이 분산해서 딜링을 하는 형태로 전개했던 첫 번째 도전에선 이런 MVP 포인트가 발생하지 않았기 때문이다.

즉, 얼마든지 추가로 스페셜 스피어를 구성원에게 몰아줄 수 있었던 방법을 놓친 것이다. 하지만 이번에는 그 방법을 알았고, 덕분에 규현은 보상 외의 추가 스페셜 스피어를 얻을 수 있었다. 스페셜 스피어의 소중함을 아는 만큼 규현은 무척이나 행복해하는 모습이었다.

개별 보상 외에 자이언트 스파이더가 직접 드랍한 스페셜 스피어는 총 세 개. 어떻게 배분을 할지 고민을 하던 차에 먼저 제안을 꺼낸 것은 동원이었다.

"이건 세이브하죠. 다음 스페셜 던전 입장 증표는 1개가 아닌 3개인 걸로 합시다. 그러면 어렵게 배분을 할 필요도 없을 것 같은데, 어떻습니까? 찬성, 찬열, 유리, 어때?"

"저희는 애초에 그렇게 생각을 하고 있어서요. 이 자리를 만들어주신 것만으로도 감사하고 있습니다. 이의 없습니다."

"이의 없습니다."

"나도 상관없어요, 오빠."

동원 일행의 의견은 바로 만장일치로 정리가 됐다.

"이의 없습니다!"

동시에 블랙 헌터의 클랜원들 쪽에서도 답이 나왔다. 규현 역시 고개를 끄덕였다.

"리더, 동원 씨의 말대로 하는 게 좋을 것 같은데요. 3일 내내 부지런히 싸우면서 소기의 목적은 달성했으니까요. 다음에는 좀 더 하드하게 도전을 해보는 걸로. 전 그게 더 기대가 됩니다."

"좋아, 그러면 이건 제가 보관해 둘게요. 혹시나 해서 미리 공언해 두는데, 사적으로 이 스페셜 스피어를 쓸 일은 없을 거예요. 혹시 제가 그렇게 한다면, 그땐 저를 어떻게든 처분하서도 좋아요."

"저는 믿습니다, 서희 씨."

황찬열이 진지한 표정과 함께 그윽한 눈빛으로 서희를 바라보았다. 서희는 그런 황찬열의 눈빛이 싫지 않았는지, 피식 웃고는 고개를 끄덕였다.

"이건 제가 잠시 맡아두는 걸로 할게요. 자, 그러면 분배는 모두 종료가 된 것 같죠?"

"그런 것 같군요."

최종 네임드가 드랍한 스페셜 스피어를 마지막으로 분배 과정은 끝이 났다. 그러자 자연스럽게 스피어러들에게 남은 시간이 공지됐다. 주어진 시간은 2시간. 개린드가 판매하는 물품을 확인하고 살피기엔 충분한 시간이었다.

\*　　　\*　　　\*

"와… 그러면 쓰지 않는 물건을 팔 수도 있고, 급하게 스피어가 필요하면 기술 레벨을 팔 수도 있다고요?"

"그렇지. 물론 제값 받을 생각은 포기해. 50%도 많이 쳐주는 거니까. 하지만 아예 쓸모가 없는 물건이라면 들고 있는 게 손해지. 그리고 스피어가 필요한데 마련할 방법이 없으면, 기술을 다운그레이드라도 해서 차액을 챙기거나 하면 되는 거고."

"정말 암상인이네요."

"그럼 정말이지, 아니겠어?"

개린드는 정말 신기한 녀석이었다.

우선 개린드에게는 자신이 보유한 물건이나 기술 레벨을 파는 것이 가능했다. 어느 정도의 흥정도 가능했는데 대부분 구매 가격의 50%에서 60% 사이에서 판매금이 결정됐다.

기본 무구라든가 방어구처럼 다른 스피어러들에게도 인기가 많은 물건은 값을 높게 쳐줬지만, 이를테면 황찬성이 호기심 삼아서 구매했던 1 스피어짜리 해머는 0.4 스피어의 보상을 받았다.

개린드가 파는 물건들 중, 스페셜 스피어가 아닌 스피어로만 구매할 수 있는 물건들은 다른 국가, 혹은 타지의 스피어러들이 자신에게 판 물건들이라고 했다. 쉽게 말해서 중고 거래상인 것이다.

그 차익을 어디에 쓰는지는 알 수 없었지만, 그런 식으로 자신만의 시장 경제를 만들어놓은 것 같았다.

스피어가 급히 필요한 스피어러들은 없었기에 기술 레벨을 파는 경우는 없었다. 단, 이제는 쓸모가 없어진 오래된 방어구들을 파는 경우는 있었다. 동원은 최소한의 필요한 것들로만 구성하고 나머지는 스탯에 투자했기 때문에 중고로 팔 만한 것은 없었지만, 황찬성과 황찬열은 자신이 휴대용으로 메고 있던 가방에서 해머나 가위, 송곳 같은 것들을 우르르 쏟아냈다.

"도대체 이건 왜 산 거예요?"

"그냥 무기로 써보면 어떨까 해서 실험용으로 샀는데. 그냥 몸으로 때우는 게 낫겠더라구요. 이건 얼마예요, 개린드님?"

서희의 물음에 황찬열이 머리를 긁적이며 답했다. 다른 사람은 몰라도 서희가 말을 걸면 수줍은 소년처럼 얼굴이 붉어지는 그였다.

"다 합쳐서 2 스피어."

"저기… 이거 총 구매 비용이 6 스피어였는데요?"

"안 팔리면 똥이야. 싫음 말던가."

"아뇨, 팔게요."

홍정은 이런 식이었다.

*      *      *

주로 저가의 물품들이 취급됐기 때문에 스피어로만 구매할 수 있는 중고품들은 그다지 인기가 없었다. 아직까진 이쪽으로는 시장이 크게 활성화가 되진 않은 모양이었다. 게다가 남이 판매한 기술 레벨을 사는 것은 불가능하다고 했다.

동원을 포함한 동료들이 깊은 관심을 가진 것은 바로 스페셜 스피어와 일반 스피어를 모두 이용해서 구매할 수 있는 개린드의 '밀매품(密賣品)'들이었다.

현재 보유하고 있는 스페셜 스피어와 일반 스피어로 구매할 수 있는 정도까지 보여주는 식이었는데, 그중에서 동원은 낭패라는 말이 어울릴 정도로 최악의 상황을 경험했다.

"아니, 이건 내가 살 수 있는 게 없는 것 같은데."

"후후, 항상 원하는 물건이 나오진 않겠지?"

동원이 개린드가 펼쳐 보인 물품 목록을 보고는 고개를 저었다. 물건들의 개수는 다양했다. 게다가 암상인의 취급품이라는 느낌에 걸맞게, 금빛 방이나 선택의 통로에서는 취급하지 않는 물건들이 많았다.

안타까운 점은 개린드가 판매하는 물품들이 전부 원거리

공격을 주로 하는 스피어러들의 입맛에 맞게 편성되어 있다는 점이었다. 즉, 동원이 살 수 있는 물건이 없었다.

보기 힘든 암상인이 나타났는데, 정작 살 물건이 없는 것이다. 대신에 이유리와 서희는 아이 쇼핑을 나온 여자들처럼 마냥 신이 난 모습이었다.

"와… 저도 포기요. 아니, 무슨 몸탱 하는 놈한테 지혜나 정신력이 필요할 리가……."

표정이 일그러진 건 황찬성과 황찬열도 마찬가지였다. 규현 역시 그랬다. 그나마 방어에 관련된 물품이라도 있으면 구매라도 해볼 참이었지만, 애석하게도 없었다.

마치 약을 올리듯 물품 목록에는 지혜와 정신력, 명중력을 보조해 주는 구성품들로만 가득했다. 그래도 모두가 구매 대상에서 제외된 것은 아니어서 이유리와 서희를 포함해, 클랜원들 중에서도 관련된 스탯의 보정이 필요한 스피어러들은 하나씩 개린드에게서 물건을 구매했다.

가격은 스페셜 스피어와 일반 스피어를 함께 결제하는 식이었다. 이유리가 구입한 활의 경우에는 별도로 화살을 구매할 필요 없이 자동 충전이 되는 구조로 되어 있었다.

매번 화살을 다량으로 구매해야 했던 그녀의 입장에서는 절차가 간소화된 것은 물론이고, 유지비가 크게 줄어든 것이나 다름없어 최고의 선택이었다. 게다가 명중 확률 보정이 있어 전보다 더욱 정확도가 높아졌다.

서희의 경우에는 불에 관련된 속성 마법의 데미지를 영구적으로 5% 올려주는 목걸이를 구매했다. 퍼센티지 증가 형식의 옵션은 초기에는 효과가 미미해 보일지 몰라도, 미래를 봤을 때는 효용성이 큰 물건이었다. 그래서인지 서희는 미련 없이 목걸이를 구매하는 모습이었다.

그렇게 해서 개린드와의 거래도 끝이 났다.

동원은 아쉬웠지만 그렇다고 해서 필요 없는 물건을 살 필요는 없었다. 어차피 금빛 방으로 가서 살 만한 물건들을 살필 수도 있었으니까. 4 스페셜 스피어면 충분히 구매할 만한 물건들이 많았다.

"더 이상 필요한 사람 없지? 셋 센다. 대답 없으면 끝이야! 셋, 둘, 하나, 끝! 자… 그럼 인연이 닿는다면 또 볼 수 있기를 바라면서, 이만!"

말이 끝나기가 무섭게 한 줄기 섬광이 하늘로 솟구치며 이내 개린드의 모습이 사라졌다. 그리고 동시에 모든 스피어러들이 각자의 스피어 사용 및 스탯, 기술 레벨 구매를 위한 선택의 통로로의 이동을 마쳤다.

동원은 스피어를 사용하기에 앞서 바로 금빛 방으로 향했고, 자신이 보유하고 있는 4개의 스페셜 스피어로 구매할 만한 물건을 신중하게 살폈다.

그러던 와중에 마침 전에 구매했던 저항력 목걸이의 이미지가 보여 그쪽으로 시선을 돌렸다. 5개의 스페셜 스피어가 필요하니 구매는 못 하겠지만, 비슷한 물건을 살 때 참고할 수 있도록 옵션을 다시 한 번 볼 요량에서였다.

[수량이 모두 소진되어 품절되었습니다. 구매가 불가능합니다.]

"구매할 수 있는 개수의 제한이 있었던 건가?"

품절, 생각지도 않았던 단어였다.

그저 스페셜 스피어가 모이면 누구나 필요한 물품들을 살 수 있을 것이라 생각했지만 오산이었던 것이다.

인기가 많을 법했던 물건, 저항력 목걸이는 이미 정해진 수량이 모두 팔리고 없었다. 이제는 사고 싶어도 살 수 없는 물건이 된 것이다.

"시온, 정해진 개수만큼의 판매가 끝나면 사고 싶어도 살 수 없는 경우가 생기는 건가?"

"그렇습니다. 단, 아수라의 분노와 같은 버프 혹은 기술 강제 개방과 같이 귀속성으로 주어지는 능력의 경우… 해당 스피어러가 사망하면 하나의 재고가 생기게 됩니다. 전 세계에 생존해 있는 스피어러가 구매해서 보유할 수 있는 최대량은 계속해서 유지가 되는 셈입니다."

"그러니까 내가 만약에 죽는다면 남은 물량의 개수에 아수라의 분노 하나가 더 추가가 된다는 거군."

"그렇습니다."

"한정적인 판매라니."

개린드를 통해서 스피어 내에 나름대로의 시장 경제가 활성화 되었다는 것을 느꼈었는데, 이번에 한 번 더 느끼게 되는 동원이었다. 이렇게 된다면 판매되고 있는 것들 중에 자신에게 필요한 것을 빠르게 취하는 사람에게 더 많은 이득이 돌아가게 될 터다.

동원은 처음 아수라의 분노를 구매할 당시, 나중에 자신과 유사한 형태로 스탯을 분배하는 스피어러들은 모두 이 버프를 구매할 것이라 생각했다. 하지만 이런 식이라면… 후발주자들일수록 선택지가 줄어들 가능성이 있었다. 스피어의 세계도 빈익빈 부익부가 존재할 수밖에 없는 것이다.

동원은 혹시나 하는 마음에 기술 강제 개방이나 아수라의 분노에 대한 내용도 확인을 했다. 저항력 목걸이와는 달리 아직까지는 판매 중이었다. 가격이 조금 더 되는 만큼, 스피어러들이 구매하여 남은 물량이 소진되기까지 시간이 걸리는 듯 했다.

그렇게 구매 가능한 것들을 유심히 살피던 동원은 방어구쪽에서 쓸 만한 것 하나를 찾았다.

[아머 슈트(Armor Suit)]—455.

[기존의 심플 슈트에 비해 내구성이 크게 향상된 물품입니다. 15 스피어의 충전 비용으로 4회의 치명상에 대한 보호가 가능한 특수 능력을 얻을 수 있습니다. 4회를 모두 소진했을 시, 선택의 통로에서 비용을 지불하고 재충전이 가능합니다.

내구도가 ㅁ이 되더라도 소멸되지는 않으며, 별도의 수리비를 지불하고 선택의 통로에서 1ㅁㅁ% 상태의 내구도로 복구시킬 수 있습니다. 더불어 기존의 심플 슈트로는 보호할 수 없었던 머리, 목과 같은 부분에 대한 치명상에 대해서도 방어가 가능한 전신형 슈트입니다. 심플 슈트와 동일하게 원하는 형태로 변형시켜 착용할 수 있습니다. 단, 중복 ㄹ벌 착용은 불가능합니다. 더불어 아머 슈트 위에 심플 슈트를 착용하는 것 역시 불가능합니다.]

"음, 이게 좋겠군."

동원이 마음의 결정을 내렸다.

아머 슈트는 그동안 모든 스피어러들이 거의 공통에 가깝게 구매해 왔던 심플 슈트의 발전 형태였다. 소모성인 심플 슈트와 달리, 아머 슈트는 15 스피어를 지불하고 4회의 특수 능력을 얻을 수 있다는 메리트가 있었다.

선택의 통로로 들어가야만 재충전이 가능한 것이었지만, 특수 능력이 소진되면 그야말로 알맹이 없는 껍질 신세가 되어버리는 심플 슈트에 비하면 상당히 발전된 형태였다. 게다가 두 번이 아닌 네 번의 치명상을 막아준다는 것도 메리트가 컸다.

물론 네임드와 같이 까다로운 적을 상대로는 순식간에 급소를 연타로 타격당할 수 있기 때문에 무조건적으로 좋다고 할 수는 없었다.

하지만 반응속도가 빠른 동원의 입장에서는 세 번의 공격에 두 벌의 심플 슈트의 특수 능력을 소진하고 죽을 수도 있는 상황을 네 번까지 견뎌낼 수 있게 해준다는 것은 차원이 다른 이야기였다.

게다가 심플 슈트와 비교 분석되어 있는 옆의 그래프를 보니, 내구도 면에서도 우수했다. 예를 들어 일반 심플 슈트가 총 1의 데미지를 받아낸 뒤 내구도가 0이 되는 구조라면, 아머 슈트는 50의 데미지까지 받아낼 수 있었다. 이 정도면 자잘한 공격 정도는 충분히 무시하면서 싸울 수 있을 것 같았다. 그만큼 내구도가 높았기 때문이다.

이번 스페셜 던전 퀘스트에서 느꼈듯이 위기에 빠졌을 경우 바로 목숨의 위협으로도 이어질 수 있는 상황에 이르곤 했다.

결국 목숨은 동원이든, 그 어떤 스피어러든 하나일 뿐이었다. 부활 스탯은 구매할 수는 있지만, 동원에게도 투자에 대한 부담이 큰 요소였다. 그렇다면 유비무환, 좀 더 자신을 지커줄 수 있는 방어구에 투자함이 옳았다.

"구매하겠어."

"원형대로 착용하시겠습니까? 기존의 형태로 착용하시겠습니까?"

기존의 형태란, 동원이 늘 즐기는 스타일인 트레이닝복 형태를 말하는 것이다. 어차피 형태는 원하는대로 바꿀 수 있는 만큼, 중요하지는 않았다.

"기존 형태로."

"착용되었습니다."

말이 끝나기가 무섭게 자연스럽게 동원에게 아머 슈트가 입혀졌다.

"심플 슈트는?"

"자동으로 장착 해제되었습니다. 별도의 공간에 보관 중이며, 필요시 제게 말씀하시면 수령할 수 있습니다."

"일단 당장은 필요 없으니 보관해 줘."

"알겠습니다."

"그럼 선택의 통로로."

스페셜 스피어를 이용한 쇼핑은 그렇게 끝이 났다. 만족스러운 구매였다. 이제 남은 것은 스피어를 필요한 곳에 배분하고 현실로 돌아가는 일뿐이었다.

선택의 통로로 돌아온 동원은 우선 0의 상태로 있는 아머 슈트의 특수 능력을 충전하기 위해, 15 스피어를 지불했다. 그러자 4라는 숫자가 직관적으로 생겨나며, 그 앞에 방패 모양의 이미지를 활성화시켰다. 4회의 치명상 방어를 상징하는 아이콘 같았다.

동원은 3일간의 퀘스트 수행 과정에서 대부분을 소진한 회복 포션을 넉넉히 구매했고, 중력 폭탄 역시 늘 준비해 놓던 대로 일정량을 확보했다.

스탯 투자는 한결같았다. 힘과 민첩성.

이제 힘의 수치를 1 올리기 위해서는 스피어가 다섯 개가 들어가는 수준까지 왔지만, 그래도 동원은 꾸준히 힘에 투자했다. 카운터는 물론이고 파워 웨이브나 피니쉬 역시 결국 힘을 계수로 산정된 공격력을 기본값으로 하기 때문에 1이라도 올리는 게 매우 중요했다.

게다가 공격력이 1이 올라가면 카운터 공격을 할 경우에는 체감상으로는 20이 올라가는 것과 같았다. 그래서 동원은 물리적 타격력을 높일 수 있는 힘과 기동성을 극대화할 수 있는 민첩성에 계속 올인을 해오고 있었다.

부족한 방어적인 측면은 아머 슈트나 저항력 목걸이와 같은 방어구, 장신구로 커버를 할 생각이었다. 여기까지 전부 스탯을 써서 보강하는 것은 사치라고 생각했다.

분배가 모두 끝나고.

만약을 위해 50 스피어 정도의 여분만 따로 남겨 둔 동원은 스페셜 던전에서 얻은 스피어에 대한 사용을 모두 마쳤다. 이제 현실로 돌아갈 시간이었다.

항상 느끼는 것이지만, 스피어 내에 있을 때가 가장 편했다. 모든 것을 다 잊어버린 채 주어진 퀘스트를 달성하는 것만 생각하면 됐으니까.

현실로 돌아가면 현실에서 주어진 상황들을 생각해야 한다. 가장 먼저 생각나는 것은 역시 김윤미였다.

"로즈마리……."

동원이 문제의 클랜, 로즈마리의 이름을 한 번 더 곱씹었다.

모든 스피어러, 그리고 모든 클랜이 공생할 수 있는 길은 없는 걸까. 동원은 염세주의자(厭世主義者)는 아니었지만, 이익이 걸린 문제에 대해서 인간은 참 다양한 모습을 보여준다는 생각이 들었다.

로즈마리는 이미 도를 지나쳤다.

김윤미가 로즈마리에 들어가게 된 과정은 사기나 다름이 없었다. 좋은 대우를 약속하고 스카우트를 해놓고는 정작 들어가니 자유를 빼앗고, 위협 아닌 위협을 일삼으며 함부로 나갈 생각조차 하지 못하게 만든 것이다. 편의점에서 하던 일을 그만두게 한 것은 화룡점정이었다.

돌아가는 대로 좀 더 긴밀하게 김윤미의 상황에 대해 알아볼 생각이었다. 이 부분에서 만큼은 서희의 도움도 필요했다.

그저 김윤미에게 아무 일도 없기를, 그녀가 안전할 수 있기를 바랄 뿐이었다. 그녀는 현명하기에 먼저 위험에 빠질 일을 하지는 않을 것이다.

＊　　　＊　　　＊

"후아, 밤바람이 차네요."

시간은 자정 그대로에 멈춰 있었다. 스페셜 던전에서 보낸 3일의 피로감이 모두에게 무겁게 남아 있었지만, 현실의 시간에는 늘 그랬듯이 변함이 없다.

서희가 차갑게 시려오는 손을 입으로 호호 하고 불었다.

"증표는 미리 사지는 않았어요. 어차피 입장을 해서 살 수도 있으니까요."

"잘했어요. 다음번에 쓰도록 하죠."

동원은 서희를 믿었다. 사람이 너무 좋아 아무렇게나 믿는다고 할 수도 있겠지만, 그간 서희를 항상 주시해 왔던 동원은 그녀가 허튼소리를 하거나 지킬 수 없는 약속을 하지 않는다는 것을 잘 알았다.

그녀는 스페셜 스피어를 독식할 수 있는 통제 체계를 갖추고 있으면서도, 클랜 내의 정예 스피어러들을 선발하여 함께 스페셜 던전을 입장하려고 하는 사람이다. 자기 자신을 위한 사리사욕을 추구하는 몇몇 클랜의 리더들과는 달랐다.

"수고하셨습니다, 수고하셨습니다."

다들 피로감이 극에 달했는지, 벌써부터 눈이 풀린 모습이었다. 그래서인지 쌍둥이 형제들은 일찌감치 블랙 헌터 클랜원들 사이를 돌아다니며 악수를 하고 인사를 나누는 모습이었다.

규현 역시 졸린 눈을 비비며, 하나하나 악수를 나누는 중이었다.

"유리 씨, 수고하셨어요. 정말 좋은 구경했어요. 아마 유리 씨만큼 아름답게 화살을 쏘고, 또 주몽처럼 백발백중할 수 있는 궁사는 없을 거예요. 제가 장담하죠. 호호."

서희와 이유리도 악수를 나눴다.

관능적이고 색기 어린 눈빛과 20대 후반의 여자만이 풍길 수 있는 성숙된 느낌, 그리고 전반적으로 글래머러스한 몸매. 그것이 왼쪽에 서 있는 서희의 매력이었다.

그리고 큰 눈망울, 예쁘게 볼록 튀어나온 이마. 그 이마에 맞게 긴 머리칼을 포니테일 스타일로 묶어 만들어 낸 앙증맞은 머리, 전반적으로 군살 없이 만들어진 탄탄한 몸매에 적당하게 잡혀 있는 볼륨감은 오른쪽에 서 있는 이유리의 매력이었다.

같은 여자지만 느껴지는 기운은 완전히 달랐다. 성격도 다른 편이다. 동원은 서희와 이유리가 서로에게 충분한 의지가 될 수 있는 친한 언니, 동생 사이가 될 수 있었으면 했다. 서로에게 좋은 시너지 효과를 줄 수 있기 때문이다.

하지만 아직까지는 묘한 긴장감이 두 사람 사이에서 감돌고 있는 모습이었다.

"덕분에 많은 신세를 졌어요. 필요한 때에 마법으로 지원을 해주시지 않았더라면 저도 고전했을 거예요. 정말 감사드려요."

"그냥 불장난 좀 한 거예요, 호호. 다른 건 없어요. 앞으로 자주 봐요, 유리 씨. 개인적으로 이야기도 좀 해요. 부담 가질 것 없어요, 난 항상 열려 있거든요!"

"알겠어요."

서희의 적극적인 제스처에 이유리가 고개를 끄덕였다. 마냥 싫어하지는 않는 것이 이유리도 이번 퀘스트를 함께 치르며, 서희라는 인물이 가진 매력과 능력에 호기심을 느낀 듯했다.

"형님, 또 인사드리겠습니다. 그때는 제대로 길게 인사드릴게요. 이번에 함께해 주셔서 감사했습니다."

그 사이, 전성우도 동원에게 다가와서는 인사를 올렸다. 동문 후배. 던전 안에서 나눈 한두 시간의 대화로는 과거의 기억들만 일부 공유했을 뿐, 그 이상도 그 이하도 아니었다.

어떻게든 인연을 만들어가는 것은 즐거운 일이었다. 동원은 전성우의 말대로, 조만간 곧 그를 다시 만나 더 많은 이야기를 해보고 싶었다. 녀석도 자신처럼 꿈과 현실 사이에서 많은 우여곡절을 겪으며 지내온 것 같았다.

"그러자. 고생했다."

"자, 그럼 모두들 푹 쉬죠! 정말 고생했어요!"

서희의 목소리가 울려 퍼졌다. 그 누구보다도 휴식을 고대하는 듯한 목소리다. 서희의 말이 들리자 마치 기다렸다는 듯이 스피어러들이 자신들의 거처가 있는 방향을 향해 흩어졌다. 움직임에는 미련이 없었고, 뒷모습에는 3일간의 짙은 피로감이 잔뜩 묻어나 있었다.


이유리는 내심 동원의 집에 들렀다 가고 싶어 하는 눈치였지만, 애석하게도 동원의 집을 방문한 것은 그녀가 아닌 쌍둥이 형제들이었다.

이유리는 아쉬움을 뒤로한 채 자신의 자취방으로 향했고, 동원은 두 동생들을 데리고 자신의 방으로 왔다. 집에 도착한 황찬성은 잠시 자리에 앉았다가는 무언가가 생각난 듯 말을 꺼냈다.

"형님, 여기 칵테일 괜찮게 하는 곳 없습니까? 갑자기 술한 잔이 땡기는데요. 부담스러우시면 논알콜도 상관없습니다. 제가 사죠!"

"잠시만. 통화만 마무리하고."

동원은 혹시나 하는 생각으로 이유리가 택시를 타고 가는 동안, 그리고 집에 들어가는 것을 확인할 때까지 통화를 해주었다. 그녀 스스로를 지키기에 실력은 충분했지만, 그래도 걱정이 되었기 때문이다.

그렇게 이유리가 집에 들어간 것을 확인하고 그녀 역시 잠을 잘 준비를 마쳤다는 것을 확인한 동원은 그제야 전화를 끊었다.

그리고 나서야 황찬성의 말에 답을 이어갈 수 있었다.

"바는 하나 알고 있어. 예전에 내가 일하면서 알게 된 사람이 있거든. 지금도 있을지는 잘 모르겠지만……."

동원이 자연스럽게 떠올린 것은 바텐더 김단비였다. 본명이 김비단인 여자.

스피어와 링크되었던 그날 이후, 자연스럽게 연락이 소원해지게 됐던 그녀였다. 사실 퇴근 시간이 맞아서 자연스럽게 알게 된 사이였고, 그 시간이 길어 남이라고 하기엔 또 가까운 사람이기도 했다.

"오, 정말입니까? 예뻐요?"

"괜찮지."

동원이 고개를 끄덕였다.

그녀는 외모보다 스타일과 패션 센스가 더 좋은 여자였다. 물론 원판이 좋아, 화장도 어떤 스타일이든 잘 어울리는 타입이다.

치열했던 3일간의 전투에 대한 보답을 받고 싶어 하는 걸까. 황찬성과 황찬열의 음주 욕구도 이해는 갔다. 이참에 기분을 쓰게 하는 것도 나쁘지 않을 터.

동원은 두 동생을 데리고는 김단비의 바로 향했다.

제9장
클랜 로즈마리(Clan Rosemary)

"여전하네."

번화가는 많은 사람들로 붐볐다.

물론 과거에 동원이 마주했던 번화가와는 다른 느낌이었다. 그때는 스피어와 포탈이 존재하지 않았고, 지금은 존재했으니까. 지금도 어느 포탈에서는 변이체들이 등장하고 그곳을 지키는 스피어러들에 의해 제거되고 있다. 방벽 구축 작업도 속도를 높여 진행되고 있다.

하지만 그렇다고 해서 세상의 사람들이 살아가는 일상이 전부 비극과 좌절로 얼룩진 어두운 삶이 되는 것은 아니었다.

포탈들은 각 클랜과 정부의 통제 속에 효과적으로 잘 관리되고 있었고, 체계가 잡혀 가면서 방어선을 빠져나와 민간인에게 피해를 주는 경우도 현저히 줄어들고 있었다.

사람들은 포탈과 스피어의 존재를 인지하면서도 점점 조금씩… 천천히 삶과 일상의 방향을 원래대로 돌아가는 중이었다. 이 시간에도 최전방을 지키며 국가 안보를 위해 힘써주는 군인에 대한 감사함을 가지고 있는 것처럼, 스피어러들을 생각하는 마음도 비슷했다.

"저기가 내가 일했던 곳이고. 지금은 아니지만."

동원이 가리킨 곳은 바 맞은편에 있는 건물의 술집이었다. 퍼스트 네임드 슬레이어가 된 이후, 각종 방송사의 인터뷰 요청에 꽤나 시달렸을 사장이 있을 터. 가서 인사라도 할까 싶었지만, 그 자체로도 괜한 부담이 될까 싶어 동원은 마음을 접었다. 나중에 개별적으로라도 연락을 하면 될 일이다.

"들어가자."

동원이 기억하는 대로 두 동생을 안내했다. 김단비가 일하던 바, 동원은 한 번도 가보지 못했던 그녀의 일터였다.

"어서 오… 오, 오빠! 오빠아!"

김단비가 일하는 바 안으로 들어서자, 진열장을 따라 쭉 늘어서 있는 바틀이 보였다. 각자 주인이 있는 것들이다.

입구에 들어서자마자 동원을 반갑게 맞이한 것은 다름 아닌 김단비였다. 여전히 그녀는 이곳에서 일을 하고 있었던 것이다. 화장이나 헤어스타일이나 한결같았다. 물론 좋은 의미에서다.

"잘 지냈어?"

"오빠! 뭐야? 일 그만둔 지도 좀 된 것 같던데. 왜 이렇게 연락이 없었어?"

"어머, 저분… 그분 아니야? 그전에 뉴스에 잠깐 나왔었잖아. 서울 스퀘어에서 그…….”

"응? 서울 스퀘어?"

동원의 모습을 보고 뉴스에서 보도됐던 그의 모습을 기억하는 다른 바텐더들이 있었다. 신문이나 뉴스, 시사와는 담을 쌓고 지내는 김단비에게는 금시초문의 소식이었지만, 그래도 뉴스나 인터넷 기사들을 유심히 살펴본 적이 있다면 동원의 얼굴을 기억할 만한 사람들은 꽤 있었다.

그래서인지 동원을 알아본 바텐더들의 표정이 밝아졌다. 동원의 외모도 외모였지만 이제 수많은 사람의 관심을 받고 있는 스피어러 중에 단연 으뜸으로 알려진 사람이니만큼 더욱 호기심을 갖는 눈치였다.

"오빠, 내가 언제 연락하나 하고 일부러 연락 안 하고 지냈던 건 아니지? 나 솔직히 좀 섭섭했다?"

"그러게, 바쁘게 살다 보니 그렇게 됐다."

"오… 그나저나 이 두 분은 누구?"

김단비의 시선이 자연스레 동원의 뒤에 서 있는 덩치 좋은 두 남자에게로 갔다.

가슴이 깊게 파인 미니 원피스 차림을 하고 있는 김단비의 모습은 바(Bar) 안에 있는 바텐더들 중에서 단연 돋보이는 복장이었다. 게다가 꽉 조여 놓은 탓에 마치 언제라도 속살을 드러낼 것처럼 볼륨감 있게 드러나 있는 가슴은 일찌감치 황찬성의 시선을 바짝 끌고 있었다.

"화, 황찬성이라고 합니다. 반갑습니다."

"형, 무슨 소개팅 해? 안녕하세요, 처음 뵐게요."

"단비예요! 방문해 주셔서 감사해요. 두 분 모두 오빠 친구? 아는 동생이에요?"

"네, 그렇죠."

"찬성 씨라고 했죠?"

"네, 네. 황찬성입니다."

황찬성은 김단비를 보자마자 마치 첫눈에 반한 것처럼 시선을 그녀에게서 떼지 못하고 있었다. 그녀의 뽀얀 얼굴과 큰 눈망울에 시선을 두었던 황찬성은 자연스럽게 아래로 눈길을 돌렸고, 야릇하게 드러나 있는 그녀의 가슴골 사이에서 그대로 시선을 고정시켜 버렸다.

"그만 보세요. 그러다가 눈빛에 터지겠어요."

"아아……."

김단비가 입고 있던 원피스 윗단을 살짝 어루만지자 손길을 따라 가슴이 또 한 번 출렁였다. 그러자 황찬성은 아예 넋이 나간 것처럼 멍하니 그녀의 얼굴과 가슴 사이의 애매한 부분을 바라보았다.

보통 여자 같았으면 그런 시선을 불쾌하게 여겼을 법도 하지만, 김단비는 되려 그런 눈빛을 즐기는 눈치였다. 한편으로는 그녀 역시 황찬성의 훤칠한 키부터 해서 떡대 좋은 몸 여기저기를 살피며 그녀 나름대로의 생각을 하는 모습이었다.

"둘이 좋은 느낌을 주고받는 건 알겠는데, 일단 좀 앉을까? 로비에 마냥 서 있는 것도 보기 좋은 그림은 아닌 것 같은데."

손님들이 오고가는 바였다. 문을 열자마자 위치한 통로를 세 남자가 가로막고 있으니 지나다니는 사람들이 불편해하는 눈치였다.

"그래, 오빠. 이쪽으로. 자자, 오랜만에 오빠도 만났고 잘생긴 두 분도 함께 오셨으니 첫 잔은 제가 살게요. 다음 잔은 그쪽이, 어때요?"

"아, 좋죠! 영광입니다!"

살갑게 대해주는 그녀의 모습이 마음에 들었는지, 황찬성은 연신 싱글벙글이었다. 동원은 순간 사랑에 빠져 버린 것 같은 남자의 모습을 하고 있는 황찬성의 뒤통수를 쓰다듬어 주었다. 몸집과 달리 이렇게 보니 또 마냥 어린애를 보는 것 같은 느낌이다.

그렇게 오랜만의 대화가 이어졌다.

먼저 동원과 김단비가 서로에 대한 안부를 묻고 그간의 일들에 대해 가볍게 이야기를 주고받았다. 동원과 대화를 나누고 나서야 김단비는 동원이 스피어러가 된 사실을 이제야 알았다고 했다.

스피어러가 사회적인 이슈가 되어 관심을 받고 있는 것은 사실이지만 겉으로 보기에는 크게 다를 것이 없는 만큼 알려주지 않으면 모르는 사람도 많았다. 능력을 쓰지 않고 가만히 있으면 일반인과 다를 것이 없기 때문이다.

김단비는 요즘 방문하는 손님들 중에 부쩍 돈을 많이 쓰는 손님들이 늘었다며, 그중에는 자신이 스피어러라고 하는 손님들도 종종 있다고 했다.

한편 지난 시간 동안 자신은 늘 하던 대로 바텐더 일을 하면서 지내왔다며, 그저 동원과 주말에 함께했던 퇴근길이 혼자 가는 길로 바뀌어 아쉬었다고 했다.

그것이 전부였다. 두 사람 사이에는 깨끗하리만치 이성적인 관계나 관심은 없었다. 두 사람 모두가 인정하는 부분이었다. 그래서일까? 황찬성이 점점 동원과 김단비의 대화 사이를 비집고 들어오더니 이내 그녀의 정면에 자리를 잡았다. 김단비도 그런 황찬성이 싫지는 않았는지, 연신 웃으면서 즐겁게 이야기를 나누는 모습이었다.

동원과 황찬열은 자연스럽게 자리를 옮겼다. 김단비와 얘기도 할 겸, 전투가 끝난 이후의 여운을 털어낼 생각으로 온 곳이었으니까.

구석에 위치한 작은 방 하나를 빌린 동원은 황찬성이 김단비와 대화를 하는 동안, 황찬열과 대화를 주고받았다.

"들었어요."

"무슨 이야기를?"

"저희는 모르는 분이지만… 이번에 로즈마리 클랜에 관련해서 엮인 분이 있다구요."

"서희 씨가 말한 모양이네."

"네, 도움이 필요할 수도 있을 거라고 했거든요. 아무래도 클랜이 걸린 문제는 가볍게 넘어갈 수 있는 사건이 아니니까요. 게다가 형님도 알고 계시겠지만 로즈마리 클랜은 지금 상태가 많이 안 좋아요. 아니다, 형님 이런 쪽 정보는 좀 약하시죠?"

황찬열이 직설적인 질문을 던졌다. 맞는 이야기다. 서희를 통하지 않고 클랜에 관한 정보를 얻는 것은 온라인상의 스피어러 커뮤니티들이 전부였다.

이곳의 정보들은 100% 진실이 아닌, 거짓과 진실 그리고 조작이 섞인 것들이 많아 곧이곧대로 믿기 힘들었다. 게다가 중요한 정보는 취급되지 않아, 막상 본 것은 많아도 남는 것이 없는 찌꺼기 정보들이 많았다.

"약하지. 확실히 약해."

"저도 소속 클랜이 정보에 빠삭한 리더가 있거나 정보원이 있는 곳은 아니라서 핵심까지 접근한 건 아니지만, 이미 상위 클랜 몇 군데에서 로즈마리를 저격할 준비를 다 끝냈다고 하던데요. 지금 가온 리더 김혁수가 발표한 경고성 성명은 말 그대로 밑밥이에요. 말은 경고인데, 언제든 로즈마리를 해체할 준비를 다 해놨다는 거죠."

"윤미 씨뿐만이 아니라, 다른 클랜 쪽에서도 피해를 입은 사람이 많기 때문에?"

"예. 나중에 서희 씨, 아니, 서희 누나가 얘기해 주겠지만 가온 같은 경우에는 스카우트됐다가 실종된 스피어러 셋이 살해당했을 가능성도 있다고 보고 있어요. 아니면 의도된 사고이던가요. 자살이나 스피어 내에서의 죽음은 절대 아니에요. 왜냐면 스피어에 입장한 시간 간격을 알고 있었거든요. 대기 시간이 안 끝난 시점에 죽었던 거예요. 그럼 이유가 뭐겠어요?"

"……."

"이런 사실과 정보들이 저 정도 되는 사람의 귀까지 들려 올 정도면 이미 더 중요한 정보가 나타났다는 거죠."

"오래가지 않겠군. 관련자들은 전부 잡혀 들어갈 가능성이 크고."

"그렇죠."

동원이 말에 황찬열이 고개를 끄덕였다.

얼마 전, 정부는 스피어러인 범죄자들을 격리 수용할 수 있는 별도의 특별 교도소를 만들었음을 공표했다. 모든 스피어러가 모두 법을 준수하고 사회 질서 및 정의 구현을 위해 힘쓰는 것은 아니어서 범죄자들이 나타났기 때문이다.

특별 교도소는 일반 교도소와 달리 이중, 삼중으로 구축된 방벽이 내외부를 지키도록 되어 있었고, 모든 죄수들은 독방에 격리 수용되도록 시스템이 짜여져 있었다.

게다가 교도소를 관리하는 교도관 역시 정부 소속의 스피어러들로 구성이 됐다. 그래서 만약 죄수들이 정해진 수감 공간을 탈출하려는 시도를 할 시에는 탈옥 행위로 간주, 언제든 즉결 처분을 할 수 있는 특별법까지 통과가 되어 있는 상태였다.

스피어러 죄수들은 사회로 나올 시 일반 죄수들과 달리 더 큰 파장과 피해를 불러올 수 있기 때문에, 과잉 측면이 있더라도 사전에 위험요소를 차단할 수 있도록 현장에 권리를 부여한 것이다. 이미 스피어러 연쇄 살인마도 등장한 마당이었다.

늘 그렇듯, 인권 단체들의 눈치 없는 시위도 이어졌다. 단순히 스피어러 범죄자라는 이유 하나만으로 과도한 징벌 행위를 해서는 안 된다는 것이었다. 하지만 이들의 주장은 사회적인 지지를 전혀 얻지 못했고, 대다수의 시민들은 자신들의 특별한 능력을 범죄에 악용하는 스피어러들에 대해 좀 더 엄격히 법을 집행해 주길 바랐다.

로즈마리는 이미 사회적인 문제가 되고 있는 클랜이었다. 그나마 김윤미는 약과였다. 클랜에 가입한답시고 들어간 뒤, 종적이 묘연해진 스피어러가 한둘이 아니었다.

모두가 스피어 내에서 퀘스트 수행을 하다가 죽었다고 하기엔 그 수가 너무 많았고, 그들의 실종 시점을 즈음해서 로즈마리의 리더 이세경이나 고위 간부들의 실력이 더욱 상승했다. 없던 무구가 생기기도 했던 것이다.

스피어러 킬. 사람들은 그것을 의심했다. 모든 의심이 사실이 된다면, 이들은 특별 교도소행을 피할 수 없을 것이다. 경우에 따라선 최근 재점화되고 있는 사형제도 부활 논란에 맞춰 본보기가 될 수도 있었다.

"그래서 형이랑 이미 얘기를 끝냈어요."

"무슨 얘기를?"

"당분간 형님 곁에 있을까 하고요. 클랜에는 이미 얘기 끝내놨어요. 저희 클랜 리더 형은 쿨한 사람이거든요. 소속에 딱히 신경 쓰지 않으니까 상관없다고 했어요. 그… 김윤미 씨에 대한 문제가 해결되기 전까지는 힘을 보태드릴게요."

"그럴 필요 없다. 너희들이 고생할 일이 아니야."

"떠밀려서 하는 거 아니에요. 형님을 돕고 싶어서 그런 겁니다. 좀 더 손발을 맞춰보고 싶은 것도 있고요. 단체 퀘스트도 할 수 있으니까. 형님과 좀 더 오래 있고 싶어요. 전 형님이 정말 좋거든요."

황찬열이 속마음을 털어놨다.

정말 좋다는 말, 그 한마디가 유독 가슴 깊숙하게 파고들어 아릿한 감정을 만들어냈다. 평소엔 툴툴거리며 속마음을 잘 비치지 않는 황찬열이 건넨 말이라 그런지 더욱 진실되게 들렸다.

첫 만남은 우연스럽게 시작됐지만 서로에게 호감을 느끼며 발전시켜 온 우정의 깊이는 결코 얕지 않았던 것이다.

"이미 결정했다면 존중해 줘야겠지. 고맙다. 너희들이 내게 큰 힘이 되어주는구나."

김윤미의 일은 굳이 황찬성과 황찬열이 나설 필요가 없는 제3자의 일이었다.

동원이야 관련이 있는 사람이고 직접적인 도움 요청을 받았으니 그렇다고 쳐도 쌍둥이 형제는 아니었다.

하지만 두 사람은 동원을 위해 흔쾌히 그 수고로움을 함께 하기로 결정한 것이다. 정말 고마운 마음이었다.


그날 밤의 술자리는 그렇게 유쾌함과 속 깊은 대화가 오고 간 자리가 되면서 자연스럽게 끝이 났다.

이후로 동원과 황찬열은 앞으로 어떤 식으로 스탯을 분배하고 기술을 발전시켜 나갈지에 대해 열띤 대화를 나눴다.

그러는 동안 황찬성은 김단비와 몇 잔의 칵테일을 비워가며, 새벽 늦은 시간까지 이야기꽃을 피웠다.

모두에게 유익한 시간이었다.

동원은 황찬열과 알게 모르게 있었던 둘 사이의 간극을 줄이며 인간적인 매력을 느끼는 시간이 됐다. 그리고 황찬성에게는 실로 오랜만에 설레이는 교감을 나눈 이성이 생겼다.

집으로 돌아오는 길에 황찬성은 번호를 땄냐고 추궁하는 황찬열의 말에 다시 찾아가 그녀를 만나기로 했다는 말로 에둘러댔다. 하지만 쉴 새 없이 스마트폰을 이용해 대화를 주고받는 모습이 벌써부터 느낌이 심상찮았다.


그렇게 시간은 이틀을 흘렀다.

그리고 늦은 밤이 되었을 무렵, 늘 그랬듯이 김윤미의 안전을 확인하기 위해 동원이 전화를 걸려고 할 즈음.

오히려 역으로 그녀에게서 전화가 걸려왔다.

―동원 씨, 저예요. 도움이… 필요할 것 같아요. 지금, 지금 떠난다고 해요. 강원도의 어느 포탈로요. 오늘이 그날일 것 같아요. 동원 씨… 미안해요. 도와주세요.

동원이 무어라 채 답을 하기도 전에 김윤미는 시간에 쫓기듯 순식간에 말을 토해내고는 전화를 끊어버렸다. 아주 작은 목소리로 말한 탓에 통화 당시에는 못 알아들었지만, 다행히 바로 녹음 버튼을 눌러둔 덕분에 반복해서 그녀의 목소리를 듣고서야 내용을 알아들을 수 있었다.

신변의 위협을 느낀 그녀의 SOS 요청이었다.

"이 새끼들, 도대체 사람 목숨 가지고 어떤 장난을 치는 거야!"

쾅!

좀처럼 화를 내지 않는 동원이 끓어오르는 분노를 주체하지 못하고 그대로 벽을 향해 주먹을 내뻗었다. 힘을 전부 털어냈더라면, 진작 시멘트 벽이 뻥 뚫리고도 남았을 분노의 일격이었다.


자정.

동원의 연락을 받은 서희를 시작으로 이유리, 황찬성, 황찬열, 규현 모두 블랙 헌터의 임시 사무실에 모였다. 포탈을 중심으로 구축된 방벽 외곽에는 가건물로 세워진 블랙 헌터의 사무실이 있었는데, 그곳에 모두가 모인 것이다.

"우리만 움직이는 게 아닐 것 같아요, 동원 씨. 방금 연락이 왔거든요. 혁수 씨한테."

"김혁수 씨에게서 연락이 왔어요?"

"혁수 씨의 요청으로 기밀 유지를 하고 있었거든요. 로즈마리 클랜에 대한 조사가 끝난 것 같아요. 정부 쪽에서 허가가 떨어졌으니 이번 기회에 확실하게 클랜을 해체한다는 거죠."

"이미 사전 조사가 진행 중이었던가요?"

"네, 대외비였지만요. 놈들이 알아채면 안 되니까. 하지만 이제 더 지켜볼 수 없다는 거죠. 오늘 윤미 씨에게 온 연락의 내용이 뭐겠어요? 희생자가 더 나오게 할 수는 없어요. 막아야죠."

드르르륵.

그때 서희의 핸드폰 진동이 울렸다. 화면을 보니 김혁수의 이름이 출력되고 있었다.

"여보세요?"

―그쪽은 어떻습니까? 놈들이 갑작스레 움직일 줄이야… 이대로면 우리보다는 서희 씨 쪽이 더 빠를 것 같은데요. 거

기 동원 씨 있습니까?

"있어요."

―바꿔주시죠.

서희는 재빨리 동원에게 핸드폰을 건넸다. 갑작스럽게 걸려온 김윤미의 연락만큼이나 주변 상황들이 급박하게 돌아가고 있었다.

"전화받았습니다. 강동원입니다."

―인사는 생략하겠습니다. 동원 씨, 로즈마리 클랜에 대한 이야기는 들으셔서 알고 계실 겁니다. 동원 씨와 관련된 분이 그 녀석들에게 반 인질에 가깝게 붙잡혀 있는 사실도 이미 알고 있고요.

"그렇습니다."

―이미 은밀하게 로즈마리 클랜 전체에 대한 내사가 진행 중이었습니다. 정부 차원에서요. 이번에 본보기 차원으로 로즈마리 클랜이 엄단(嚴斷)을 받게 될 겁니다. 사회 문제를 야기시키는 스피어러와 그 조직이 어떻게 되는지를요.

동원은 알지 못했던 사실이었다. 클랜과 비클랜의 차이란 이런 것이다. 고급 정보에 어두울 수밖에 없는 것이 지금 동원의 현실이었다. 김혁수의 연락이나 서희의 말이 없었다면 이런 사실을 털끝만큼도 알지 못했을 것이다.

김혁수의 목소리에서는 분노와 동시에 약간의 기대감 같

은 것이 묻어났다. 이것은 동원 개인의 직감이었다. 마치 이번 일을 통해 추가적으로 얻을 수 있는 무언가가 있다는 것에서 나오는 기대감이 느껴진 것이다.

―하지만 생각보다 움직이는 시점이 빠른 게 문제입니다. 지금 부산 쪽의 클랜 지부 관리 문제로 내려왔다가 다시 올라가는 중입니다만 시간이 걸릴 것 같습니다. 가장 신속하게 움직여줄 수 있는 곳이 바로 동원 씨의 그쪽입니다. 직접적으로 얽히지 않은 클랜들은 괜한 피해를 감수하고 싶지 않아서 소극적이고요. 지원 요청을 해봤자 핑계를 대고 돌릴 겁니다.

"우리가 선발대 역할을 해야되겠군요."

동원은 김혁수의 말에 담긴 논지를 바로 파악했다. 즉, 가장 위험한 역할을 맡아달라는 것이었다. 상대는 평범한 사람들이 아닌 같은 스피어러들이었다. 능력을 가진 자들이라는 것이다.

평화적으로 문제가 해결된다면야 더할 나위 없이 좋겠지만, 범법 행위를 일삼고 소속 스피어러와 가족들을 인질로 삼는 그들이 아무 일 없이 넘어갈 리 없다. 충돌은 불가피하다.

동원도 김윤미로부터 메시지를 전해 듣고 그 사실을 알게 된 이후로 항상 생각을 하고 있었다. 변이체나 스피어 내의 몬스터들이 아닌, 현실 속에서 다른 스피어러들을 상대해야 할 일이 생길 수 있음을.

하지만 예상보다 더 빨리 일이 터졌고, 긴급하게 움직여야 할 상황이 왔다. 이제부터는 지체하면 희생자가 늘어날 수 있었다.

─놈들을 상대하는 데 인정을 두실 필요 없습니다. 스피어 러 킬은 빙산의 일각입니다. 타 클랜의 포탈 통제를 방해하거 나 무력으로 포탈 통제권을 빼앗아 간 적도 있습니다. 게다가 클랜 차원의 단체 퀘스트에서도 리더와 간부급 인사들이 전 부 스페셜 스피어와 스피어를 독식하는 구조입니다. 10%를 위해 90%가 착취당하는 구조입니다. 이런 쓰레기 같은 놈들 과 공존할 이유는 없겠죠.

김혁수는 목소리를 높였다. 김윤미의 일에 대한 이야기를 들었을 때부터 로즈마리 클랜의 문제에 대해 느끼긴 했지만, 잠깐 사이에 이루어진 김혁수의 대화를 추가해 보니 그야말 로 정말 쓰레기였다.

─이번에 신규 가입 스피어러들을 데리고 이동하는 게 수 상한 거죠. 이번에 놓치면 또 어떤 일이 벌어질지 모릅니다. 또 죄 없는 스피어러들이 개죽음을 당할 수도 있어요. 원인 미상의 이유 혹은 단체 퀘스트 중의 희생이라는 개소리와 함 께 말이죠.

"바로 출발하죠."

─부탁드립니다. 시간만 조금 벌어주시면 됩니다. 추적은

바로 할 수 있도록 서희 씨에게 안배를 해놨으니까요. 어떻게든 최대한 빠르게 합류하겠습니다.

"알겠습니다."

통화는 그렇게 끝이 났다.

이미 이동하기 위한 차가 대기 중이었다. 서희가 만약을 위해 상황이 발생하면 바로 움직일 수 있도록 몇 대의 차를 미리 준비해 놓았던 것이다.

물론 비용 부담은 동원이 했다.

어쨌든 이번 김윤미의 일은 동원이 그녀를 알고 있었고, 도움 요청을 받은 것을 계기로 시작하게 된 일이었다. 금전적인 부분까지 도움을 받고 싶지 않았던 동원은 일찌감치 스피어를 넉넉하게 골드바로 바꾸어둔 뒤, 필요한 만큼 현금화하여 가지고 있었다. 그다음 몇 대의 차들을 장기 렌트하여 준비해 두도록 서희에게 부탁해 두었었다.

"모두 출발하죠!"

서희가 소리쳤다.

그러자 각자 정해진 차에 탑승하기 시작했다. 동원이 운전대를 잡았고, 이유리가 조수석에 앉았다. 그리고 서희와 규현이 뒷자리에 동승했다. 쌍둥이 형제는 다른 차에 탑승했다.

부우우웅!

이내 검은 연기를 뿜어내며 몇 대의 차들이 신속하게 사무실 근처의 공간을 빠져나와 어디론가 향했다. 목적지는 바로 김윤미를 비롯한 로즈마리의 신규 스피어러들을 태운 밴이 이동하고 있는 방향이었다.

제10장
추적

추적이 시작됐다.

서희와 김혁수, 그리고 다른 클랜에서 로즈마리 클랜에 심어 놓은 정보원들이 실시간으로 위치를 알리는 정보를 전송하고 있었다.

정부 차원에서도 조사가 진행되면서, 블랙리스트에 해당되는 인물에 대한 추적이 붙어 있었는데 이에 관련한 정보들이 자연스럽게 김혁수에게 인계가 된 것이다.

김혁수와 그의 클랜인 가온은 정부 소속의 스피어러들보다도 강력했고, 영향력이 있었다.

정부 소속의 스피어러들도 유능한 인재들이 많았지만, 특별 교도소 관리라든가 정부가 직접 군경을 이용해 통제하는 포탈들을 관리하기에 바빴다.

그러다 보니 이런 문제에 대해서는 자연스럽게 가온이 최우선적으로 나서게 됐다. 사실상 정부의 대리인이나 다름없는 셈이다. 그것이 지금 가온의 대한민국 내에서의 입지였다.

"혁수 씨에게는 이번만큼 좋은 기회가 없다고 생각할 거예요. 대의명분까지 생겼으니 더할 나위 없이 좋은 개입 요소죠."

적막이 감돌던 차 안의 분위기를 환기시킨 것은 서희였다. 동원은 표시되고 있는 밴을 최대한 빨리 따라잡기 위해 속력을 높이는 중이었고 어느새 고속도로에 접어든 상태였다.

이유리도 마음의 준비는 계속하고 있었지만, 막상 스피어러인 상대를 마주할 생각을 하니 긴장한 기색이 역력해 보이는 모습이었다. 그것은 서희나 규현도 크게 다를 것이 없었다.

서희의 이야기에 동원도 어느 정도 짐작가는 바가 있었다. 김혁수와의 통화에서 받았던 느낌 때문이었다. 동원은 김윤미를 구하겠다는 일념 하나만으로 움직이고 있었지만, 김혁수는 이번 기회에 로즈마리를 해체시킬 수 있게 되었다는 사실에 더 신경을 쓰고 있는 모습이었다.

그건 왜일까? 로즈마리에 소속된 클랜원들을 포함해서 그들이 관리하고 있는 포탈의 개수도 상당하기 때문이다. 이들이 정당한 명분 속에 공식적으로 해체된다면?

자연스럽게 소속 클랜이 사라진 클랜원들과 통제 클랜이 사라진 포탈이 쏟아져 나오게 된다.

"비즈니스적 마인드로 해석을 해야 될 수도 있겠군요."

"혁수 씨는 동원 씨와는 생각이 많이 다른 사람이에요. 추구하는 방향도 다르죠. 분명 리더로서 혁수 씨가 능력이 있는 것은 사실이지만 대를 위한 소의 희생은 불가피한 것이라 생각하죠. 이번 일도 마찬가지예요. 로즈마리 클랜이 문제를 일으키고 있다는 것은 이미 과거에 스피어러들이 희생됐을 때부터 알고 있었어요. 하지만 그때는 확증이 부족했고 미끼로 물기에는 적합하지 않다고 판단한 거죠. 그사이에 정부 쪽에 내사를 의뢰했고 이번에는 확실하게 힘을 실어주겠다는 약속을 받은 거예요. 그러니 움직이는 거죠. 안 그랬으면 더 기다렸을지도 몰라요. 희생이 발생한다고 했더라도."

동원의 말에 서희가 고개를 끄덕이며 답했다. 서희는 김혁수와 친분이 꽤 있는 관계였지만, 그에 대해서는 매우 냉정하게 평가했다. 마음과 마음을 주고받은 친분이라고 하기에도 애매해서 결국 서로가 필요에 의해 협력하는 관계라고 하는 것이 적당했다.

그와 그의 클랜의 대외적인 관계는 사람과 사람 사이의 정보다는 끊고 맺음이 확실한 이익 추구적인 성향이 강했다.

그것이 가온을 지금의 위치로 끌어올린 원동력이기도 했지만 많은 스피어러들의 시기와 질투 그리고 비난을 받는 이유이기도 했다.

실제로 최근 가온의 평판은 썩 좋지 못했다. 로즈마리 클랜으로 인해 묻혀 있었을 뿐이지, 여전히 이어지고 있는 다수의 포탈 통제와 독식으로 인해 비클랜 스피어러들의 원망을 한 몸에 받고 있었다.

동원은 김혁수라면 이번 일만큼 클랜의 이미지를 쇄신(刷新)하고, 더 나아가 좋게 포장할 수 있는 기회를 놓치지 않을 것 같다는 생각이 들었다. 그렇게 생각하니 김혁수의 계산적인 행보가 눈에 보였다.

하지만 그렇다고 해서 김윤미를 구하는 일을 그만둘 생각은 없었다. 그는 그가 바라는 바를 얻기 위해, 그리고 자신은 자신이 바라는 바를 얻기 위해 움직일 뿐이었다.

최종적으로 추구하는 바는 다르지만 과정과 원하는 결과물은 같았다. 동원은 깊게 생각하지 않기로 했다.

그때 서희에게 한 통의 전화가 걸려왔다. 그리고 서희는 '좋아, 수고했어' 라는 말을 전하고는 바로 통화를 끊었다.

"윤미 씨 부모님의 안전은 확보했어요. 감시가 허술해서 바로 손을 썼어요."

"감사합니다."

"뭘요. 윤미 씨를 위해서이기도 하고, 우리 클랜을 위해서이기도 한 걸요. 어차피 무너질 모래성이라면 성에서 쏟아질 보석 한두 개 정도는 챙겨가야죠."

서희도 자연스럽게 본심을 드러냈다. 이번 일을 두고 김혁수와 긴밀하게 연락을 이어왔던 것은 그녀 역시 로즈마리 클랜의 해체 이후에 무주공산이 될 것들에 대한 관심이 있었기 때문이다.

시작은 김윤미에 대한 걱정으로 비롯된 것이었지만, 일이 진행되면서 자연스럽게 다른 부분에도 관심을 갖게 된 케이스였다.

"좀 더 밟을게요. 지금은 분초를 다투는 시간이니 준법정신과 같은 문제는 좀 나중에 생각하죠."

부우우웅!

동원이 엑셀을 세게 밟자, 굉음을 내며 속도가 순식간에 올라갔다. 폭풍전야, 그 느낌처럼 아주 조용한 기운이 차 안에 감돌았다.

네 사람이 탄 차는 그렇게 김윤미가 타고 있을 밴이 표시되고 있는 깜빡이는 점을 향해 빠르게 가까워지고 있었다.

＊　　＊　　＊

동원 일행이 바짝 뒤를 쫓는 동안 이미 온라인상에서는 많은 변화가 일어나고 있었다.

가장 먼저 가온의 공식 홈페이지를 통한 특별 성명 발표가 있었다. 성명을 담은 영상에서는 김혁수가 옷을 깔끔하게 챙겨 입은 모습으로 내용을 말하는 모습이었는데, 사전에 이미 찍어 두었던 영상인 것 같았다. 지금 김혁수는 이동 중이었기 때문이다.

내용은 그간 있었던 로즈마리 클랜의 비상식적인 행위와 범법 행위들에 대한 언급과 증거, 확보된 자료들에 대한 이야기였다. 그리고 더 이상은 그들의 악행을 묵과할 수 없어 클랜 차원에서 움직인다는 이야기였다.

동시에 다수의 상위 클랜들이 비슷한 성명을 발표했다. 마치 약속이라도 한 것처럼. 대대적인 로즈마리 사냥이 시작된 것이다. 이미 정부의 허가가 떨어진 상황이라 그들의 움직임에는 거침이 없었다.

동원 일행이 로즈마리 클랜의 리더 이세경과 간부진들이 직접 타고 이동하고 있을 밴을 쫓는 동안, 이미 각지에 위치한 로즈마리 클랜의 포탈들은 이번 작전에 연합으로 구성된 스피어러들에 의해 장악당했다. 순식간에 벌어진 일이었다.

동원은 단순히 자신에게는 김윤미를 구출하는 것이 목적이었던 일이 다른 클랜들에게는 아주 오래전부터 문제가 되는 클랜 하나를 통째로 해체하기 위한 사전 작업이 이루어졌던 일이라는 것을 그제야 깨달았다. 클랜이라는 집단이 가지고 있는 철저한 이익 추구의 심리를 다시 한 번 느낀 것이다.

처음에는 그런 사실들에 분노하고 거부감을 느꼈던 동원이지만, 이제는 어느 정도 이해가 갔다. 자신처럼 순수하게 실력만을 추구하는 자세로 스피어러로서의 삶에 임하고 있는 사람이 많지 않다는 것도.

간부진을 제외한 대다수의 로즈마리 클랜 소속 스피어러들은 그들의 악행에 가담한 적도 없고, 심지어는 자세한 내용도 알지 못하는 스피어러들이었다. 그중에는 김윤미처럼 빠져나오고 싶었지만 그러지 못했던 스피어러들이 대다수를 차지했다.

그래서 무장해제는 빠르게 진행됐다. 작은 충돌이 있기는 했지만 희생자는 없었다. 남은 것은 머리, 바로 리더와 간부진들이었다.

부우우웅!

차가운 밤공기를 가르며, 동원은 그렇게 김윤미에게로 가까워지고 있었다.

평화적으로 일이 끝나지는 않을 것이다. 이미 독 안에 든

쥐 신세가 된 그들이 백기 투항을 할 리도 없다. 스피어러와 스피어러 간의 전투. 동원은 그 여느 때보다도 집중하고, 한편으로는 긴장하고 있었다.

"스피어 독식은 그렇다고 쳐도, 함께 파티 플레이를 했는데 분배 구조가 8 대 2, 9 대 1이라든가… 이런 건 애초에 말이 안 돼요. 게다가 무기를 강제로 빼앗아서 남는 게 도대체 뭐죠?"

"욕심의 또 다른 형태죠. 당장에 유리 씨가 들고 있는 활만 해도 스페셜 스피어 하나에 일반 스피어 300개가 들어가죠. 그 무기를 빼앗으면 그만큼의 스피어를 빼앗는 것과 같아요. 노력 없이. 지금 로즈마리에 대해 알려진 건 정말 빙산의 일각이에요. 그렇게 구성원들로부터 빼앗은 무기를 암시장 따위에 팔아서 현금화했다는 얘기도 있어요. 더 무서운 건 누구 손에 들어갔는지도 모른다는 거죠."

김윤미의 신변에 생긴 문제에 대해서만 알았을 뿐, 동원과 비슷하게 제한된 정보만 가지고 있었던 이유리는 양파 껍질처럼 계속해서 벗겨져 나오는 로즈마리 클랜의 악행에 분노한 모습이었다.

"다들 생각은 했지만 실천하지 않았던 일들을 보여준 거죠. 스피어러 킬, 현실에서의 스피어러 무기 강탈, 스피어에서 얻은 무기나 방어구 따위를 가지고 싶어 하는 수집가들에 대한 판매 등등… 가능할 거라고 생각했지만 실행하지 않았던 일이 현실이 됐잖아요. 아주 안 좋은 의미로 대단한 일을 한 거죠."

규현이 서희의 말에 이야기를 보탰다.

"이번의 대대적인 움직임은 스피어러들이 가장 기본적으로 지켜야 할 질서가 무너지면 안 된다고 판단한 부분이 크겠군요. 질서 확립 차원에서 엄단의 의지를 보여줄 목표가 필요했고."

"맞아요. 본보기예요. 아마 언론에서도 대대적으로 로즈마리의 악행을 다루고, 관련 인물들을 가루에 가깝게 만들 거예요. 그래야 같은 짓을 반복하는 놈들이 나오지 않을 테니까."

동원의 말에 서희가 맞장구를 쳤다.

동원이 객관적으로 상황을 조금 멀리서 살피니 김윤미의 일은 그야말로 빙산의 일각이었다. 로즈마리의 악행 중 극히 일부에 불과했다.

"파악된 바에 따르면 신입 스피어러들에게 통제 얘기를 하면서 안내한 포탈은 아예 존재하지도 않는다고 하더군요. 그냥 산속이에요."

"……"

동원이 운전대를 잡은 두 손을 꽉 쥐었다. 정말 금수만도 못한 놈들이었다. 도대체 왜? 동원은 그 이유가 궁금했다. 같은 스피어러들을 죽이고 그들의 것을 빼앗아 남는 것이 무엇일까. 힘? 단순히 더 큰 힘을 얻기 위해 다른 스피어러들을 희생시킬 생각을 했다면, 그건 정말 용서받을 수 없는 일이었다.

스피어는 노멀 퀘스트, 하드 모드 퀘스트, 단체 퀘스트, 스페셜 퀘스트라는 이름으로 얼마든지 자신의 노력 여하에 따라 강해질 수 있는 풍부한 기회를 제공하고 있다. 기회가 없는 것이 아니다.

"오빠, 너무 무리하지 말아요. 다른 클랜에서도 사람들이 오고 있고, 정부 쪽에서도 사람이 온다고 하잖아요. 우리는 시간만 끌면 돼요. 윤미 씨를 구하고요."

이유리가 걱정 어린 눈빛으로 동원을 보았다.

말수가 줄고 차갑게 변해 버린 동원의 눈빛에서 강한 살기를 느꼈기 때문이다. 그것은 뒤에 앉아 있던 서희나 규현도 마찬가지여서 이유리에 이어 말을 보탰다.

"노파심에 말하는 거지만요, 동원 씨. 저 녀석들은 법이 알아서 심판해 줄 거예요. 유야무야 넘어갈 리도 없고요. 어느 정도의 충돌은 불가피하겠지만… 알고 있죠? 그 이상은 안 된다는 것을."

"윤미 씨를 구하는 것을 최우선 목표로 하는 게 좋을 것 같습니다."

"……."

동원은 답이 없었다. 머릿속에서는 수많은 상황들이 시뮬레이션되고 있었다. 로즈마리 클랜의 리더 이세경은 여성 스피어러치고는 보기 힘든 검사였다. 스타일로만 놓고 보면 신속하게 다수의 공격 형태를 취하는 규현과 비슷했다.

합법적인 살인은 없다. 굳이 예를 가져온다면 전쟁 정도일까. 동원 역시 치밀어 오르는 분노와 달리 어느 정도의 선을 넘어서는 안 된다는 것을 잘 알고 있었다.

"거의 다 따라잡은 듯한데……."

추적장치의 신호는 멀지 않은 곳의 목표물이 있음을 알리고 있었다. 고속도로를 빠져나온 차는 어느덧 가로등만이 외롭게 늘어서 있는 2차선 도로를 따라 이동하고 있었다.

인적이 드문 길. 이런 곳에서는 살인 사건이 일어나더라도 아무도 모를 것만 같다. 심지어는 도로 양 옆으로 늘어서 있는 논밭의 한곳을 깊이 파서 암매장(暗埋葬)을 해도 티 하나 나지 않을 것만 같다.

저 멀리 상향등을 킨 채 달리고 있는 몇 대의 차가 보인다. 동원 일행은 동원의 차를 선두로 다섯 대의 차가 뒤를 쫓는 중이었다.

거리는 계속해서 좁혀졌다.

차 안은 조용했다. 모두가 시선을 정면에 고정한 채 점점 가까워지고 있는 밴에 집중했다. 그러는 사이 서희에게 전화가 걸려왔고 그녀는 바쁘게 수화기 너머의 상대와 이야기를 나눴다.

김혁수는 아닌 것 같았다. 하지만 그녀와 지금 이 시간에 로즈마리 클랜에 대한 이야기를 나눌 사람이라면 다른 클랜의 리더일 것은 틀림없었다.

끼익!

"아앗!"

그 순간 동원이 브레이크를 밟았다. 앞서고 있던 놈들의 차가 일제히 브레이크를 밟으며 멈춰 섰기 때문이다. 동원이 조금만 브레이크를 늦게 밟았으면 충돌할 수도 있었던 상황이었다.

끼익. 끼이익. 끼익.

연이어 동원의 뒤를 따라오던 블랙 헌터 클랜원들의 차가 멈춰서고 하나둘 차에서 내리기 시작했다. 동시에 반대쪽의 밴에서도 하나둘 사람들이 내렸다.

"어이? 당신들 뭔데 계속 우리를 쫓아와?"

밴에서 가장 먼저 내린 것은 거구의 사내였다. 황찬성, 황찬열도 그 앞에 서면 귀여워 보일 정도로 덩치가 매우 큰 남자였다. 언뜻 눈대중으로 보기에도 160kg에서 170kg은 족히 나갈 것 같은 몸이었는데, 근육질의 몸인 쌍둥이들과 달리 그야말로 전부가 살이었다.

사내는 말이 끝나기도 전에 팔목 언저리를 만지작거리더니 바로 무언가를 만들어냈다. 철퇴(鐵槌)였다.

"하, 씨발⋯⋯."

욕지거리가 터져 나온 것은 동원의 등 뒤에서였다. 황찬성과 황찬열의 목소리였다. 거구가 가장 싫어하는 것은 같은 거구다. 그것도 자신보다 덩치가 더 큰 놈이면 더더욱.

저 철퇴는 대충 보기에도 한 대 맞으면 머리가 180도 이상은 돌아갈 것처럼 우악스런 형상을 하고 있었다. 사방으로 뾰족하게 솟아 있는 철심들은 저 무기가 오로지 살상을 위해서만 고안된 것임을 어렵지 않게 짐작케 했다.

"우⋯⋯."

"인질로 잡고 있는 스피어러들을 전부 풀어줘. 너희들이 함부로 할 수 있는 존재들이 아니다. 사리사욕을 채우기 위해서 사람 목숨을 파리처럼 여기지 마. 쓰레기 같은 새끼들아."

서희가 무어라 말을 잇기도 전에 동원이 먼저 말의 포문을 열었다. 그 와중에도 거들먹거리는 표정으로 동원과 뒤의 일행들을 지켜보는 놈들의 모습은 하나부터 열까지 곱게 보이지 않았다.

"하, 이제 왜 파리들이 꼬였는지 알게 됐네. 얘들아, 우리

지명수배인 거 같은데? 크크큭."

그때 밴 안에 모습을 숨기고 있던 여자 하나가 반쯤 열려 있던 문을 활짝 열어젖히며 나타났다. 그 순간 동원의 시선이 여자 뒤에 앉아 있던 한 사람에게서 고정됐다. 김윤미였다.

하지만 김윤미의 상태는 썩 좋아 보이지 않았다. 마치 약에 취한 것처럼 연신 고개를 꾸벅꾸벅 떨구며 졸고 있었다. 맨정 신이라면 지금과 같은 떠들썩한 상황을 감지하지 못할 리 없 다.

그것은 김윤미뿐만이 아니라 옆에 함께 앉아 있는 스피어 러들 대다수가 비슷했다. 본인들이 어디로 가고 있는지, 아니 자신들이 지금 어떤 상태인지조차 모르는 모습이었다.

"이세경이에요."

서희가 밴에서 내린 여자를 가리켰다. 숏컷 형태로 머리를 짧게 자르고 스모키 메이크업으로 눈가를 진하게 강조한 이 세경의 모습은 언뜻 보기에도 평범하지는 않았다.

20m 정도의 거리를 두고 서로를 마주보는 대치 상태가 계 속됐다. 그러는 사이, 하나둘 저마다 무기를 꺼내들기 시작했 다. 언제 전투가 벌어질지 알 수 없었기 때문이다.

"뭐가 지명수배인데요?"

거구의 남자가 물었다. 아직 그는 벌어지고 있는 일을 모르 는 눈치였다.

"뭐가 지명수배냐니? 지명수배가 됐으니 지명수배지. 이제 우리 콩밥 먹을 때가 됐다고, 알아들어?"

"씨발… 뭐예요, 우리 조지는 거예요?"

"그런 거 같은데? 쟤네들이 선발대인 것 같구. 우리 빅 대디 경철이가 힘 좀 써야겠어?"

"하… 오늘 꿈자리가 사납다 했더니만."

이세경이 거구의 남자, 최경철의 등을 토닥였다. 그녀는 지금 자신들의 클랜이 어떤 상황에 처해 있는지 충분히 알고 있는 것 같았다.

그런데 긴장하는 기색은커녕 오히려 흥미로워하는 눈치였다. 상황을 즐기고 있는 것이다.

"처음엔 몰라봤는데 말이야, 당신 강동원이잖아? 퍼스트 네임드 슬레이어, 맞지? 유명인이 여기까진 왜 행차하셨을까? 더군다나 당신은 소속 클랜도 없잖아. 아니다, 뒤에 따까리들을 데려온 걸 보면 블랙 헌터 소속인가? 뭐야, 클랜 싫어하는 뚝심 있는 스피어러 아니었어? 푸히힛!"

이세경이 동원에게 건네는 말에는 도발성의 목적이 짙게 묻어났다. 하지만 동원은 미동조차 없었다.

"저 사람들에겐 죄가 없어. 너희들이 마음대로 생사여탈권을 결정할 수 있는 사람들도 아냐. 풀어줘."

"이렇게 된 마당에는 작업도 못 쳐! 풀어주는 건 어렵지 않

아. 어차피 쓸모없게 됐으니까. 너희들이 다 된 밥에 재를 뿌렸거든. 그런데."

이세경이 말을 살짝 끊는 순간, 도로 전체에 적막이 감돌았다. 새벽녘의 길가에는 이들이 전부였다. 시야를 밝혀주는 것은 드문드문 배치되어 있는 가로등이 끝이었다.

"이러나저러나 운명이 결정된 거라면, 신명나게 놀아보는 게 좋잖아? 그래서 말이야."

"......."

일찌감치 스태틱 건틀릿을 장착한 형태로 준비하고 있었던 동원은 바로 자세를 낮췄다. 그러자 여기저기서 크고 작은 소리가 터져 나오며 다들 저마다의 무기를 준비한 채 공격 자세를 갖췄다. 이유리는 속보로 빠르게 뒤로 물러선 뒤, 최대한의 원거리를 유지하는 모습이었다.

"여기서 당신들이 선을 넘어버리면 그때는 돌이킬 수 없는 심판을 받게 될 거예요. 여기서 멈추는 것과 그 이상을 지나는 것에는 차이가 있을 거예요. 명심해요."

서희의 냉랭한 목소리가 이어졌다. 경고의 목적이 확실하게 담긴 엄포였다.

그녀의 말에 몇몇 로즈마리 클랜원 간부들이 움찔하는 모습이었다. 리더인 이세경을 따라 크고 작은 범법 행위를 저지르며 이익을 챙겨왔지만, 막상 다수의 클랜과 심지어 정부의 조사까지 이어져 자신들을 일망타진 할 계획이 세워져 있는 것을 보니 두려웠던 것이다.

"어차피 철창 신세를 질 거면 죄목에 하나 추가하는 것 정도는 글쎄? 난 별로 문제없을 것 같은데?"

"이 참에 너희들부터 처리하고 필요한 무기들만 챙긴 다음에 잠적하는 것도 나쁘지 않을 듯싶은데. 이야, 퍼스트 네임드 슬레이어와 살을 섞어볼 날도 오나?"

이세경과 최경철은 전혀 서희의 말을 신경 쓰지 않는 눈치였다. 눈빛이 흔들리는 몇몇 간부들을 제외하고 대다수는 생각이 두 사람과 같았다.

유유상종, 결국 비슷한 생각과 삐뚤어진 사고관을 가진 사람들이 모인 클랜이 바로 로즈마리였다. 그들의 위선으로 포장된 단면을 보고 클랜에 가입한 스피어러들이 피해자인 것이다.

이들은 싸이코패스나 다름없었다. 김윤미도 처음에는 이세경을 정말 좋은 언니, 통솔력 좋은 리더로 생각했으니까. 하지만 실상은 자신의 사리사욕을 채우기 위해 사람 목숨쯤은 쉽게 거둘 줄 아는, 그래서 더 무서운 존재들이었다.

시이이잉!

그러는 사이, 이세경이 허공으로 손을 뻗으며 예기(銳氣)를 가득 머금은 검을 만들어냈다.

"저거, 2000 스피어가 들어가는 검인데 벌써 저걸 샀
어……?"

규현의 표정이 일그러졌다.

제11장
리더 이세경

이세경이 만들어낸 검은 자신도 사고 싶었지만, 가격이 스탯과 필수 물품 투자를 포기하면서까지 사기엔 너무나도 비싸 입맛만 다셨던 검이었다.

"벗겨먹을 놈들 많네! 다들 뭣들 하고 있어? 죽여 버려. 어차피 여기서 숙이고 들어간다고 해서 철창 신세 지는 거 안 달라져. 그럼 즐겨야지! 혹시 또 알아? 오는 새끼들마다 전부 각개격파할 수 있을지? 애들아, 즐기자!"

처음부터 끝까지 제정신으로 내뱉는 말이라 하기에는 섬뜩할 정도의 말.

평화적인 해결은 기대도 하지 않았다. 동원의 시선은 이세경과 최경철에게 고정되어 있었다. 이들이 머리고 핵심이다. 두 사람만 처리하면 나머지는 알아서 해결될 터다.

그나마 다행인 것은 이 녀석들이 인질로 잡은 스피어러들을 어디론가 끌고 가거나 죽이려 하지는 않았다는 점이었다. 김윤미는 그래서 안전했다.

대신 유혈사태는 불가피해졌다.

"우리 쪽 정보원이 저 밴 안에 있을 거예요. 윤미 씨에 대해서는 너무 걱정하지 말아요."

뒤에 있던 서희가 넌지시 말을 건넸다.

생각해 보니 이번에 로즈마리 클랜의 간부들을 추적할 수 있었던 것도 계속해서 신호를 보내준 사람이 있었기 때문이다. 동원은 그제야 마음을 놓았다.

하지만 김윤미의 안전과는 별개로 신경 써야 할 것들이 눈앞에 있었다. 스무 명에 가까운 인원이 온 동원 일행보다 수는 다섯 명 적었지만, 누구 하나 만만하게 볼 수 없는 자들이었다.

"뭘 그리들 재고 있어? 죽여!"

가장 먼저 달려나온 것은 이세경이었다.

리더가 앞서 나가자 자연스럽게 다른 스피어러들도 호응하기 시작했다. 리더가 나선 마당에 뒤에서 지켜보고 있을 놈은 없었다.

동원은 자신을 향해 정면으로 질주해 오고 있는 이세경을 향해 달려들었다.

"형님, 저희는 저 돼지 새끼를 맡겠습니다!"

동시에 동원의 양옆을 지나 빠르게 이세경의 뒤로 달려가는 두 남자의 모습이 보였다. 황찬성과 황찬열이었다. 두 사람은 위압적으로 철퇴를 휘두르고 있는 최경철을 향해 달려갔다.

"하앗!"

이세경의 검이 매섭게 동원의 가슴을 노리고 그대로 파고들었다. 이세경의 검에는 일반 검과는 달리, 검끝에서 붉은빛의 기운이 피어오르고 있었는데 동원은 검신의 삼분의 일 정도 되는 길이의 이 기운이 무엇인지 처음에는 알지 못했다.

하지만 반사적으로 몸을 비틀어 피했다. 알 수 없다면 우선 피해야 했기 때문이다.

사아악.

"……."

아슬아슬하게 검날이 아닌 붉은빛 기운이 훑고 지나간 자리에 있던 동원의 옷 일부가 잘려져 나간 채로 떨어졌다. 기운 역시 검격의 일부였던 것이다.

"빠른데?"

이세경은 나름 신속하게 펼친 공격이 동원의 회피로 인해 무위로 돌아가자, 호기심 어린 눈빛으로 동원을 바라보았다. 동원은 그녀의 공격에 대한 계산에서 검날뿐만이 아니라 붉은빛의 기운까지 계산에 포함해야 한다는 사실을 바로 깨달았다. 보이는 것, 그 이상의 길이를 상대해야 하는 것이다.

동원에게는 아머 슈트가 있었다.

아머 슈트는 4회의 치명상을 방어해 줄 수 있기 때문에 동원으로서는 급소를 내주면서 동시에 상대의 급소를 노리는 일격을 생각해 볼 만했다.

하지만 한 번의 공격을 본 것으로 모든 것을 속단할 수는 없었다. 동원은 적극적으로 이세경과 탐색전을 펼치기로 했다. 그래야 그녀의 허와 실을 좀 더 빨리 파악할 수 있을 테니까.

깡! 까깡! 깡!

'확실히 빠르군. 움직임은 빠르고 공격은 매섭다. 기본기가 탄탄해. 그런 가운데 좋은 검을 들고 있으니, 확실히 기회를 잡는 게 쉽지가 않군.'

동원은 이세경이 아예 자신에게 반격 기회를 주지 않을 요량으로 맹공을 퍼붓는다는 것을 깨달았다. 동원은 거의 십중팔구 이상의 교전 과정을 수비에 쏟아붓고 있었다.

이세경이 아예 카운터를 노릴 기회조차 주지 않았기 때문이다. 동원은 이세경의 전투 방식에 대해 자세히 알지 못하지만, 이세경은 동원에 대한 정보가 있었다. 동원은 서울 스퀘어에서 아수라와 일대일로 싸운 적이 있는 네임드 슬레이어였고 당연히 그에 관련된 정보가 알려졌기 때문이다.

이세경은 빠른 공격 패턴을 추구하는 규현보다도 더 공격이 빨랐다. 힘보다 민첩성에 상당한 스피어를 투자한 모습이었다. 동원이 가장 상대하기 까다로운 것은 이세경의 기술 중 하나인 다중 공격 기술이었다.

적당한 이름을 떠올릴 수가 없어 동원이 가칭으로 명명한 이 기술은 분명 한 개의 검을 이용한 공격임에도 불구하고, 워낙에 속도가 빨라 일순간 세 개에서 네 개 이상의 검으로 연타 공격을 펼치는 것처럼 느껴지는 기술이었다.

동원이 가진 수준급의 동체시력이 아니었다면, 진작 빈틈을 몇 번이고 허용했을 공격이었다. 다중 공격으로 인해 동원이 반격의 타이밍을 찾기가 매우 어려웠다.

그래서 동원은 이세경의 공격 패턴을 확실하게 두 눈과 몸으로 익히기 전까지 아예 수비 형태의 포지션을 잡기로 마음을 먹었다. 좀 더 무리를 해서 돌파구를 찾아볼 수도 있었지만, 경우에 따라서는 의미 없이 아머 슈트의 특수 능력을 잃을 수도 있었기 때문이다.

"뭐야, 공격할 줄 몰라? 언제까지 수비만 할 건데?"

깡! 까깡! 깡!

동원의 스태틱 건틀릿에 계속해서 이세경의 검이 맞부딪혔다. 쉴 새 없이 공격을 퍼붓는 이세경도 대단했지만, 그 공격들을 전부 막아내는 동원은 더욱 대단했다.

누가 봐도 공세에서 우위를 점한 이세경과 동원의 전투였지만, 정작 수비하고 있는 동원은 별다른 표정의 변화 없이 묵묵히 이세경의 공격을 전부 받아내는 모습이었다.

이따금씩 검로를 비틀어 빈틈을 노린 공격을 펼치면 동원은 좌우 혹은 상하 회피 동작을 이용해 바로 공격을 흘려냈다. 그리고 이세경의 공격이 조금이라도 깊숙하게 들어온 것이 느껴지면, 그때 바로 역공의 타이밍을 잡았다.

이러다 보니 이세경의 공격도 점점 깊이가 얕아질 수밖에 없었다. 동원이 아주 깊은 노림수를 가지고 있는 것처럼 묵묵히 공격을 받아내기만 했기 때문이다.

그러는 사이, 뒤쪽에서는 최경철과 쌍둥이 형제의 난전이 벌어지고 있었다.

거구는 거구였다.

황찬성은 처음으로 수플렉스가 먹히지 않는 상대가 있음을 깨닫게 된다. 수플렉스를 전개하게 되면, 상대의 신체 조건에 맞춰 황찬성 본인의 근육량을 비롯한 육체적 능력이 폭발적으로 상승하며 충분히 넘길 수 있을 만한 힘까지 끌어올려지게 된다. 그래서 어지간히 큰 변이체가 아니라면 웬만한 것들은 어떻게든 잡아서 뒤로 넘겨 찍을 수가 있었다.

하지만 최경철은 포지션을 완벽하게 잡았음에도 뒤로 넘겨지지가 않았다. 되려 그 상태로 역으로 최경철의 손아귀에 잡히는 바람에 그대로 옆구리에 철퇴를 맞았다. 한참을 멀리 나가 떨어졌음은 물론이고, 입고 있던 심플 슈트의 특수 능력 1개를 소진했음은 두말할 나위도 없었다.

오히려 상성에서는 황찬열이 좀 더 나았다. 최경철의 공격 동작이 크고 느렸기 때문에, 황찬열의 입장에서는 그를 잡는 것이 크게 어렵지 않았다.

게다가 공격 동작 자체에 실린 힘을 그대로 자신의 것으로 끌어들이는 기술이었기 때문에, 연결 동작이 수월했다. 그 과정에서 황찬열에게 제대로 잡힌 최경철이 그대로 바닥에 얼굴을 파묻으며 나뒹굴었다.

황찬성은 바로 최경철의 양손을 내리찍었고, 철퇴는 최경철의 손을 떠나 주인을 잃었다. 이제는 세 명의 거구들이 한데 엉켜서 그야말로 육탄전을 주고받는 상황이었다.

계속해서 이세경의 공격을 막아내면서, 동원은 그녀에게 습관화된 공격 패턴이 있음을 확인했다. 나름대로의 변칙을 주고 있었지만, 그 변칙에도 패턴이 존재했다. 빈도수만 낮을 뿐, 섞는 형태가 비슷했던 것이다.

물론 공격을 전부 성공적으로 다 막아낸 것은 아니었다. 아머 슈트의 내구도도 그로 인해 상당히 떨어져 있었고, 체력적인 손실도 꽤 있었다.

이세경의 공격 하나하나가 신속하면서도 힘이 실린 공격이었기 때문에 막는 입장에서는 체력 손실이 더 컸다. 그만큼 더 긴장한 상태에서 빠르게 움직이며 받아내야 했기 때문이다.

살짝 주변을 둘러보니 다들 각자 전담한 스피어러들을 상대하기에 여념이 없었다. 이미 두 명의 로즈마리 소속 스피어러들은 넝마가 된 채 바닥을 나뒹굴고 있었다. 서희와 규현에게 타깃팅이 된 자들이었다.

애초에 랭크부터 시작해서 상대할 급수가 되지 않았던 가장 하급 간부 둘이었고, 둘은 모두 거품을 문 채로 바닥에 널브러져 있었다. 서희와 규현은 바로 옆에 있던 동료들의 공격에 합세하여 힘을 보태는 모습이었다.

'이젠 충분히 공략할 수 있을 듯하군.'

동원은 냉정하게 상황을 판단한 뒤 결정을 내렸다. 이제는 자신의 빈틈을 내어주고, 이세경의 더 큰 빈틈을 취하는 공격이 충분히 가능할 것 같았다.

전투는 길게 끌어서 좋을 것이 없다. 결국 손을 써야 하는 동원이 검을 써야 하는 이세경에게 거리 면에서는 불리했다. 이제는 동원이 매섭게 몰아붙일 차례였다.

입술을 질끈 깨문 동원이 이세경을 향해 달려들었다.

"오?"

동원이 돌진해 오자 이세경이 기대감 어린 눈빛으로 동원을 보았다. 드디어 이놈이 공격을 해오네? 실력 좀 볼까? 하는 느낌이었다.

하지만 그건 이세경의 오산이었다. 실력 좀 볼까 하는 안일한 생각으로 끝날 상황이 아니었던 것이다.

휘리리릭, 팅!

이세경이 동원을 향해 횡선으로 그은 검격이 동원의 건틀릿에 무위로 돌아갔다. 이어서 다중 공격이 동원에게 이어졌지만, 이 역시 동원의 수비에 막혔다. 디펜시브를 전개한 동원은 다중 공격으로 인해 발생한 충격파의 대부분을 막아내고, 폭주 기관차처럼 그대로 이세경을 들이받았다.

뻐억!

"꺄악!"

동원의 라이트 펀치가 그대로 이세경의 복부에 적중했다. 순간 그녀가 걸쭉한 침을 토해낼 정도로 강력한 일격이었다. 하지만 슈트 덕분인지 멀리 나가떨어질 정도로 비틀거리진 않았다.

그래도 스피어러는 스피어러였다. 이세경은 이내 중심을 잡고는 바로 동원을 향해 반격을 전개했다. 하지만 여기서 이세경의 첫 번째 실수가 나왔다. 동원이 그녀의 움직임을 읽은 것이다.

부웅!

허무하게 이세경의 검격이 허공을 갈랐다. 대부분의 공격을 막아냈던 기존의 동원의 방어 형태가 아닌, 회피였다. 그 순간 이세경의 표정도 어둡게 변했다.

"……."

동원은 아무 말도, 아무 소리도 내지 않았다. 그저 매서운 눈빛으로 이세경을 노려보고 있을 뿐이다.

활성화된 카운터. 동원은 검격을 펼치는 과정에서 회피로 인해 발생한 빈틈을 망설임 없이 노렸다.

빠악!

시원한 타격음이 들리고. 턱 밑에서부터 올려친 동원이 어퍼컷이 이세경에게 명중했다.

"커억……."

여자라고 해서 남자와 신음 소리가 딱히 다를 것은 없어서, 이세경이 걸쭉한 비명을 토해내며 그대로 허공으로 몸이 붕 떠올랐다. 그 순간, 동원의 건틀릿 끝이 일렁이는 기운으로 가득해졌다.

파워 웨이브. 동원의 T3 기술이었다.

뻐엉!

일순간 모든 이들의 시선을 한데 집중시켰을 정도의 굉음이 터져 나왔다. 파워 웨이브는 광역 딜링이 가능한 공격이었지만, 그렇다고 해서 대인 공격에 부적합한 것은 아니었다. 최초 피격자에게는 100%의 데미지가 그대로 들어가기 때문이다.

허공에 떠오른 상태에서 방어 동작을 취할 수도 없었던 이세경은 그대로 온몸으로 파워 웨이브를 그대로 받아내야만 했다.

티잉.

자연스럽게 이세경이 입고 있던 슈트의 특수 능력 1개가 빠졌다. 급소를 노린 동원의 일격이 치명타 판정을 받은 것이다.

상당한 타격을 입은 와중에도 빠르게 벗어나야겠다고 생각했는지, 이세경이 바닥에 널브러져 있는 듯하다가 잽싸게 몸을 일으켰다. 하지만 아쉽게도 동원의 예상 범주 안에 있는 움직임이었다.

탁!

"아앗!"

몸을 일으켜 세우던 이세경의 한쪽 다리를 로우 킥으로 후려치자, 중심을 잃은 그녀의 몸이 다시 비틀거렸다. 동원은 바로 그녀의 앞으로 달라붙으며 그대로 스트레이트를 얼굴에 명중시켰다. 그 순간, 빠직 하는 소리와 함께 스태틱 건틀릿에서 방출된 전류가 그녀의 온몸을 감쌌다.

이세경이 입은 심플 슈트의 내구도가 급격하게 떨어지고 있었다. 기세를 잡은 동원은 맹공을 퍼부었고, 이세경은 겨우 동원의 공격을 쳐내기에도 바빴다.

이따금씩 반격을 위해 내뻗는 검은 동원의 회피 후 카운터로 돌아왔다. 두어 번 카운터를 맞고 나자, 그때부터는 아예 싸울 의지마저 상실했다.

동원은 마치 무아지경에 빠진 것처럼 주변의 모든 움직임을 잊은 채 오로지 이세경에게만 모든 것을 맞추고 집중했다.

이세경의 검은 매우 비싼 것이었고 그만큼 강력했지만, 검격 자체가 제대로 먹혀들지 않으니 아무 쓸모가 없었다. 소위 '템빨'이 먹혀들지 않는 것이다.

초반의 전투 패턴과 달리 동원의 맹공 일변도로 이어지는 전투는 남은 한 벌 슈트의 내구도를 순식간에 깎아먹었고, 이내 평복 차림으로 변형된 형태로 입고 있던 슈트가 갈갈이 찢겨져 나가며 슈트 두 벌이 모두 사라져 버렸다. 속옷 차림이 된 것이다.

이제는 이세경도 동원의 카운터를 데미지 그대로 받아내야 하는 상황이 됐다. 더 이상 그 어떤 데미지 감소도 기대할 수 없었다. 맨몸이었다.

그때부터 이세경의 표정이 흙빛으로 변하기 시작했다. 동원은 무서우리만치 아무런 말도, 소리도 내지 않은 채 묵묵히 자신을 공격해 오고 있었다.

하나부터 열까지 모든 움직임이 동원의 계산에 있는 것처럼 느껴지자, 마음 놓고 공격을 퍼부을 수도 없었다. 한 번 해보자는 자신감으로 가득했던 마음속은 어느새 두려움으로 채워져 가고 있었다.

초반에 일방적인 것에 가까웠던 자신의 공세는 힘과 능력, 무구의 우위에서 온 것이 아니라 전략적으로 계산된 동원의 수였음을 이제야 깨달은 것이다.

제12장
판도의 변화

"죽어버려……!"

어차피 이판사판이었다.

이세경은 수세(守勢)로는 더 이상 답이 없다고 판단하고, 역으로 동원을 노리는 매서운 일격으로 응수해 왔다. 그녀에 게는 슈트의 특수 능력이 없었고, 동원에겐 아직 4회의 특수 능력이 남아 있었다.

이세경도 최소한 동원이 슈트의 특수 능력을 가지고 있 을 것이라는 점은 짐작하고 있겠지만, 지금은 어떻게든 동 원의 목숨을 노리는 것에 집중하고 있는 탓에 잊어버린 모습이었다.

불공정한 데미지 교환.

나는 치명상을 입힐 수 있는데, 상대는 내게 치명상을 입힐 수 없는 상황. 동원이 노렸던 상황이었다.

동원은 자신의 왼쪽 가슴을 내줬다. 동시에 피니시를 위한 파워 차징을 끝냈다.

카운터를 발동시킨 피니쉬가 들어가면, 슈트가 없는 이세경은 그 자리에서 가루가 되고 말 것이다. 동원은 앞서 서희가 당부했던 말을 떠올렸다.

"후."

내뱉는 한 줄기의 한숨에서 동원의 만감이 교차했다.

죽일 수 있었다.

슈트의 능력을 잃은 스피어러는 총탄 없이 전장에 나선 군인과 다를 바 없었다. 파리 목숨, 그 이상도 그 이하도 아니다.

정말 법이 심판해 줄까?

사람 목숨을 파리처럼 우습게 여겼던 이 인간들에게 과연 엄정한 법의 잣대가 적용될까? 혹, 또 다른 재앙의 불씨로 살아남게 되는 것은 아닐까?

찰나의 순간에 수많은 생각이 교차했다.

이들은 이미 살인 혐의를 받고 있는 자들이었다. 그리고 김윤미의 목숨을 취해, 그녀로부터 필요한 것들을 챙기고 뒤처리를 하려고 했던 것이 오늘의 일이었다.

꾸욱.

그 순간, 동원의 주먹이 힘이 더욱 깊게 실렸다.

그리고 카운터 없이 피니쉬를 들어가려던 동원의 눈빛이 변했다. 이세경의 검격을 받아내는 것이 아니라 '회피'하기로 마음을 먹은 것이다.

부웅!

한끗 차이로 이세경의 검격이 동원의 옆구리 언저리를 스치듯 지나가고, 동시에 카운터 조건이 발동됐다.

파워 차징이 끝난 상태의 다음 공격은 피니쉬였다.

"잠깐! 멈춰요, 멈춥시다!"

바로 그때.

전투에 몰입한 탓에 주변의 소리마저 잊고 있었던 동원은 등 뒤에서 들려온 목소리에 시선을 돌렸다. 그러자 김혁수의 모습이 보였다.

그리고 그를 위시한 가온의 클랜원들과 정부의 요원들로 보이는 자들이 탄 수십 대의 차가 어느새 2차선 도로를 가득 메우고 도로 양옆으로 빠져나와 흙길 위에 자리하고 있었다. 워낙에 전투에 집중하고 있었던 상황이라, 그사이 새로이 일행들이 합류한 것을 눈치채지 못하고 있었던 것이다.

상황은 이미 종료된 것 같았다.

여기저기서 전투 의사를 상실한 대다수의 로즈마리 클랜원들이 무기를 던지고 양손을 들고는 무릎을 꿇었다. 최경철은 쌍둥이 형제에게 한 번 잡히기 시작한 뒤로 헤어 나올 수 없는 연타를 받아내다가 빈사 상태가 되어 차가운 길바닥에 널브러져 있는 상태였다.

카운터로 차징된 피니쉬는 아직 남아 있었다.

특수 능력 한 번이 소진되면서 이세경의 일격이 막혔지만, 그녀는 그 와중에도 다시 자신을 노린 공격을 이어오고 있었다. 이미 상황은 종료됐지만, 동원이라도 어떻게든 해보겠다는 심산인 것 같았다.

동원은 자리에 멈춰선 채 이세경의 공격이 이어지길 기다렸다. 그리고 날카로운 검끝이 동원의 심장을 노리며 파고들었다.

"동원 씨, 위험해요!"

"오빠!"

서희와 이유리의 걱정 어린 목소리가 터져 나왔지만, 동원의 표정에는 아무런 변화가 없었다.

그리고.

팅!

다시 한 번 이세경의 일격이 막혔다. 아직 남아 있는 피니쉬의 시간. 동원은 끝까지 자신의 목숨을 노린 이세경을 향해 미련 없이, 마지막 일격을 밀어 넣었다.

빠아아악!

"꺄아아아악!"

그 순간, 그 자리에 있던 모든 사람들의 귀가 고통스러워질 정도의 찢어지는 비명 소리가 터져 나왔다. 목소리의 주인공은 이세경이었다.

티팅! 팅!

비명과 함께 이세경이 들고 있던 검도 힘없이 바닥으로 떨어졌다. 검을 들고 있을 수조차 없을 엄청난 고통이 느껴지고 있었기 때문이다.

무릎 안쪽이 아닌 바깥쪽으로 꺾여 버린 다리. 이세경의 무릎과 정강이뼈 언저리는 그야말로 잘게 부스러진 과자처럼 동원의 일격에 박살이 나고 말았다.

"아악! 끄아아아악!"

이세경의 비명 소리가 계속해서 터져 나왔다. 그러는 사이 도착한 정부 소속의 스피어러들이 빠르게 로즈마리 소속의 클랜원들을 체포하기 시작했고, 이세경도 예외는 아니었다.

"이쪽은 안전합니다!"

그때, 밴 쪽에서 모습을 드러낸 남자 하나가 양손을 모아 원 모양의 표시를 하며 밴 안에 있던 스피어러들의 안전을 알렸다. 내부의 정보원이 차에 남아 있었던 덕분에 김윤미를 비롯한 스피어러들이 안전할 수 있었던 것이다.

"……."

동원은 한참을 이세경을 노려본 채 아무 말도 하지 않았다. 지금 이 정도도 충분히 가슴 깊은 곳에서 치밀어 오르는 분노를 잘 통제한 것이었다. 만약 김혁수와 정부의 스피어러들이 도착하지 않았더라면 지금보다 더한 상황이 펼쳐졌을지도 모른다.

"크컥, 컥, 크흐홋, 흐홋, 크흐흐홋!"

비명인지 웃음인지 알 수 없는 소리를 내며, 이세경은 거의 끌려가다시피 두 스피어러들의 손에 이끌려 차로 옮겨졌다. 두 다리가 가루가 될 정도로 박살이 났으니, 도망가고 싶어도 그러지 못할 터였다.

동원은 바로 김윤미가 타고 있을 밴을 향해 달려갔다. 그녀의 안전을 확인해야 했다.

단숨에 달려간 동원이 밴 안을 살피니, 김윤미가 그제야 겨우 정신을 차리며 두 눈을 뜨고 있는 모습이었다. 다행히 외상은 없어 보였다. 그저 깊은 잠에 빠져 있다가 깨어난 듯한… 지금의 상황과는 전혀 맞지 않는 편안한 모습이었다. 그래서 차라리 마음이 놓이는 동원이었다.

"윤미 씨, 괜찮아요?"

"아, 아아……! 아, 도, 동원 씨. 동원 씨!"

몇 번을 눈을 깜박이고 나서야, 김윤미는 흐릿했던 시야가 돌아오며 또렷해지는 동원의 모습을 볼 수 있었다.

"이제 안전해요. 놈들은 모두 잡혔습니다."

"아아……."

김윤미는 그제야 긴장이 풀린 듯, 고개를 앞으로 푹 숙이며 동원에게로 안겼다. 그러는 사이 도착한 다른 스피어러들이 밴 안에 있던 다른 사람들을 챙겼다.

"미안해요, 저 때문에… 동원 씨, 너무 고마워요……."

김윤미가 눈물을 쏟아내기 시작했다. 굳은 마음으로 스스로를 다독이며 로즈마리 클랜 안에서 시간을 보내왔지만, 항상 죽음에 대한 공포로 가득했던 그녀였다. 부모님이나 아는 사람들에게 제대로 연락조차 할 수 없었던 상황에서 김윤미가 유일하게 믿었던 것은 동원뿐이었다.

불가능할 것이라 생각했다. 어느 날 쥐도 새도 모르게 끌려가 죽임을 당할지도 모른다고 생각했다. 그리고 자신도 모르는 새에 주입당한 약물 때문에 점점 시야가 흐릿해져 가기 시작할 때, 그녀는 체념한 듯 눈을 감아버렸다. 다시 눈을 떴을 때는 살아남지 못할 것이라 생각하며.

하지만 불길한 예감은 들어맞지 않았다. 그 대신 바라고 바라던 얼굴이 자신의 앞을 지켜주고 있었다. 마치 백마 탄 왕

자님처럼… 자신의 목숨을 구해주고, 위기에서 벗어나게 해
준 것이다.

"흐흑. 흑흑."

살아남았다는 안도감.

그 감정은 갇혀 있었던 다른 스피어러도 다를 것이 없어 하
염없이 눈물을 쏟는 모습이었다. 김윤미는 동원의 품에 깊이
안긴 채, 계속해서 뜨거운 눈물로 동원의 옷깃을 적시고 있었
다.

그 모습을 지켜보는 서희와 이유리의 눈시울도 함께 붉어
졌다. 이유리는 김윤미의 눈물이 이해가 되는 한편, 동원의
품에 안겨 있는 김윤미의 모습을 보며 이 상황에 맞지 않게
질투심이 피어나는 것도 느꼈다. 하지만 살아남았다는 안도
감에 흘리는 그녀의 눈물을 외면하고 싶지는 않았다.


"이건……."

"챙겨두시죠. 전리품 아닌 전리품인데."

동원과 김윤미가 재회의 기쁨을 나누는 사이, 황찬열은 방
금 전까지 이세경과 동원이 전투를 벌이고 있던 자리에 떨어
진 검을 주웠다. 그러자 마침 옆에 있던 김혁수가 말을 건넸
다.

"정부에서 회수해 가지 않습니까?"

"어차피 타깃은 이 녀석들의 무기나 방어구들이 아닌 놈들의 신변 확보니까요. 이 정도로 챙기는 건 상관없습니다."

김혁수가 상황을 수습 중인 정부의 스피어러들을 바라보며 말했다. 그들은 뒤이어 도착한 호송용 차량에 로즈마리 클랜의 간부들을 태우느라 바빴다. 최경철 같은 경우에는 아예 예상하고 준비해 온 트럭의 뒤에 짐짝처럼 실을 정도였다.

대다수의 무구들은 체포와 동시에 회수가 됐지만, 이세경의 검은 회수되지 않았던 것이다.

"애매하면 제가 가져가도록 하죠. 2000 스피어에 해당하는 만큼의 가격은 지불하는 것으로 하고, 이후 이 검에 대한 책임도 제가 지는 것으로. 어떻습니까?"

"그 검, 저희가 가져가도 될까요?"

그때 서희가 나섰다. 황찬열과 김혁수가 이세경의 검을 두고 대화를 나누는 것을 본 것이다. 엄밀히 따지자면 동원의 전리품이었다. 물론 동원은 이세경의 검에 아무런 관심도 없는 듯 김윤미와 대화를 나누고 있었다.

"뭐, 상관없습니다. 주인이 없으면 합당한 가격을 약속드리고 가져가려고 했던 거니까요. 이 정도 가지고 뭐라고 할 일도 없으니까."

김혁수가 고개를 끄덕였다.

자신이 가지고 있는 검으로도 충분했다. 스페어의 개념으로 한 자루 더 가지고 있고 싶었을 뿐이다. 대가는 자신의 클랜이 통제하고 있는 포탈에서 입수한 스페셜 스피어나 현물 스피어로 교환을 할 생각이었던 것이다.

김혁수가 더 말을 잇지 않은 덕분에 검에 대한 이야기는 빠르게 끝맺음이 지어졌다. 그러는 사이 범죄자들에 대한 호송이 시작됐고, 상황은 빠르게 정리됐다.

희생자는 없었다.

중상을 입은 로즈마리 클랜 소속의 간부들이 있었지만, 바로 병원으로 옮겨졌으니 큰 문제는 없을 터다. 물론 완전한 치료가 끝나면, 철창 신세를 면치 못하겠지만.

"돌아가죠. 이제 안전해요, 윤미 씨. 부모님도 무사하시고요."

"감사합니다, 정말 감사해요. 직접 두 눈으로 보고 들은 것들을 증언할 생각이에요. 어서 이 악마 같은 놈들이… 법의 심판을 받았으면 해요. 다른 건 없어요!"

김윤미가 입술을 질끈 깨물었다. 분노에 가득 찬 감정의 표현이었다.

동원은 김윤미의 어깨를 토닥이며 그녀를 진정시키고, 그제야 주변의 상황이 완벽하게 정리되었음을 알아차렸다. 조용했던 도로가에서의 전투를 끝으로 로즈마리의 패거리들이 일망타진된 것이다.

수습은 빠르게 진행됐다.

동원 일행이 차를 타고 다시 동네로 돌아오는 동안, 이미 매스컴에서는 속보로 로즈마리 클랜에 대한 소식들을 쏟아내고 있었다.

아마도 조건부 엠바고(Embargo)였을 것이다. 왜냐면 속보치고는 아주 자세하게 로즈마리 클랜이 그간 저질러온 악행에 대한 대대적인 보도가 이뤄졌기 때문이다.

뉴스 기사들은 로즈마리 클랜의 악행과 더불어, 앞으로 스피어러들의 범법 행위를 엄중히 다스리겠다는 정부의 의지를 직간접적으로 드러냈다. 스피어러들에게 경종을 울리기에는 더할 나위 없이 좋은 사건이었던 셈이다.

그 대신 로즈마리 클랜이 관리하고 있던 포탈과 소속된 클랜원들에 대한 기사들은 극히 소수로 제한되거나, 아예 나오지 않았다.

이 부분에서 대해서는 이번 로즈마리 소탕 작전에 연계된 각 클랜의 리더들이 모여 대화를 나눌 협의체의 구성이 진행 중이었고, 정부에서도 이 분배에 대해서는 클랜 간의 협의에 전권을 위임하기로 했기 때문이다.

정부 소속의 스피어러들은 이미 할당량 이상의 포탈을 관리하기에도 벅찼고, 점점 개별 활동을 하거나 클랜으로 이적하는 스피어러들이 늘고 있어 그 이상의 신경을 쓸 수가 없었다. 새로이 추가 될 스피어러 범법자들을 관리하는 것만으로도 골머리를 싸매야 했으니까.

그날 오전.

간밤의 전투를 통해 로즈마리 클랜이 공식 해체되었고, 관련하여 범죄 혐의가 있는 간부와 리더 이세경이 체포되었다는 사실이 클랜 공동 성명에 의해 발표됐다.

가온의 리더 김혁수를 시작으로 이번 일에 참여한 블랙 헌터의 리더 서희를 포함한 일곱 클랜의 리더가 모두 참여한 성명이었다.

눈엣가시와도 같았던 클랜이 공중 분해되자 스피어러들은 열광했다. 그리고 이번 일에 주도적으로 참여한 클랜들의 결정을 지지했다.

그 과정에서 가온에 대한 스피어러들의 인식에도 변화가 있었다. 클랜의 이미지를 쇄신할 좋은 기회를 잡은 김혁수는 대대적으로 이를 홍보했고, 최근 클랜을 향해 쏟아졌던 스피어러들의 곱지 않았던 시선을 돌릴 수 있었다. 물론 모두가 좋은 일면만을 본 것은 아니었다.

한편 서희는 클랜원 중 한 명을 통해 촬영한 동원과 이세경의 전투 영상을 각종 인터넷 포털 사이트에 게시했다.

정작 로즈마리 클랜 해체에 가장 큰 공을 세운 동원 본인이 자신의 전공을 알리고 홍보하는 데 관심이 없었기 때문에 그녀가 직접 나선 것이다.

동원은 김윤미를 안전하게 구출하는 데 성공했고, 로즈마리 클랜이 법의 심판을 받게 되었으니 그것으로 만족한다는 입장이었다.

하지만 서희는 가장 큰 힘이 된 동원의 전공마저도 마치 김혁수의 것으로 포장되는 상황을 그냥 지나칠 수 없었고, 각 인터넷 사이트에 익명으로 해당 영상을 게시했다.

반응은 폭발적이었다.

스피어러들은 단번에 영상 속의 주인공이 바로 서울 스퀘어에 있었던 빅 웨이브에서 퍼스트 네임드 슬레이어의 타이틀을 얻은 동원이라는 사실을 알아차렸다.

그리고 아주 호쾌하고 시원하게 이세경을 무릎 꿇리는 동원의 모습을 보며, 역시 동원이라는 찬사를 아끼지 않았다. 그 사실이 알려지게 되면서 주가가 오르던 가온의 인기가 잠시 멈추고, 다시 한 번 동원에 대한 인기 열풍이 불기 시작했다.

매스컴에서는 로즈마리 클랜 자체의 문제점과 스피어러들

의 현재를 집중 조명하는 탓에 동원에게 신경 쓸 겨를이 없었지만, 온라인상의 각종 스피어러 커뮤니티에서는 동원에 대한 찬양 일색의 글이 줄을 이었다. 물론 동원 본인은 이런 사실을 알고 싶어 하지도 않았고, 굳이 그날의 일을 떠벌리고 싶어 하지도 않았다.

다만 서희는 김혁수가 이번 로즈마리 해체에 주도적인 역할을 한 사실을 인정하면서도, 한편으로는 동원이 이룬 성과마저 빼앗아가는 걸 원치 않았기에 좀 더 적극적으로 행동했다.

사실이 알려지지 않을 수는 있어도, 사실이 왜곡되어서 알려져서는 안 되는 것이다.

그 때문일까?

그날 이후로 김혁수와 서희 사이에는 예전에는 없던 묘한 거리감이 생겼다. 서로 내색은 하지 않았지만, 본인들이 말하지 않아도 직접 체감할 수 있는 감정의 변화였다.

서희는 자신의 결정을 후회하지 않았다. 동원은 인정받을 자격이 있는 남자였다. 스피어러들도 정확히 알아야 할 것은 알아야 한다.

당일 저녁.

로즈마리 클랜이 통제하고 있던 포탈과 소속된 클랜원들에 대한 분배를 논의하는 협의체가 열렸다.

총 일곱 개의 클랜이 참여한 이 협의에는 각 클랜의 리더들이 참여했고, 관련하여 내용을 기록할 정부 소속의 사람 하나가 함께했다.

그리고 별도로 마련된 강당에는 무소속이 된 로즈마리 소속의 클랜원들이 모였다. 그곳에서는 향후 자신들의 소속을 결정할 수 있도록 하는 각 클랜의 설명회가 이어졌다. 설명은 각 클랜의 부리더들이 맡았다.

전 로즈마리 소속의 클랜원들은 자신의 장점과 특징을 설명하며, 가입을 적극 권유하는 부리더들의 안내를 듣고는 저마다 방향을 결정했다. 혹은 이번 일로 클랜 자체의 존재에 환멸을 느껴 비클랜으로 전향하는 스피어러도 적지 않았다.

저녁부터 시작해 다음 날 새벽까지 이어진 마라톤 회의를 통해 로즈마리 클랜이 관리하고 있던 포탈과 클랜원들에 대한 분배도 끝이 났다.

이는 대외에는 철저하게 비밀로 부쳐진, 클랜과 클랜 사이의 비밀 협의였다.


서희를 포함한 클랜의 리더들이 비밀 협의로 분주한 동안, 동원은 김윤미를 직접 그녀의 부모님에게로 데려다 주었다. 그리고 황찬성과 황찬열이 김단비의 바에서 휴식을 취하는 동안, 동원은 이유리와 자신의 집에서 서희가 돌아오기를 기다렸다.

어떤 식으로 전후(戰後) 처리가 이어질지 궁금했기 때문이다.

새벽 4시 무렵.

서희에게서 연락이 왔고, 그녀를 기다리고 있던 동원 일행과 블랙 헌터의 클랜원들은 사무실로 하나둘 모여들었다.

그리고… 긴 회의 끝에 결정된 사항들을 서희가 하나둘 털어놓기 시작했다.

"이번에 협의체 대화가 진행되는 동안 규현이가 상당히 많은 수고를 했어요. 설명회에서 정말 열띤 홍보를 했거든요. 덕분에 오늘 우리 클랜에 가입한 스피어러의 수가 상당해요. 로즈마리 소속이었던 클랜원들의 분배에 대한 문제는 전적으로 그들의 선택에 달린 문제이기 때문에, 이를 두고 문제 삼는 일은 없게 하기로 했어요. 단, 쓸데없는 스카우트 경쟁이 붙는 것을 막게 하기 위해서 불필요한 영입 활동은 하지 않기로 했구요. 다만 이건 구두 약속에 가까워서 지켜질지는 모르겠어요."

동원은 이야기를 시작한 서희의 말을 경청하고 있었다. 사실 이 이야기는 동원이 굳이 꼭 듣지 않아도 될 이야기들이기는 했다. 클랜 블랙 헌터의 일이기 때문이다.

하지만 언제부터인가 전략적 협력 관계라는 이름 속에 동원은 블랙 헌터의 중요한 일들에 자연스럽게 개입해 있었고, 이를 두고 문제 삼거나 거부감을 갖는 클랜원들도 없었다. 전략적 협력이라고 하기에는 훨씬 가깝고, 동료라고 하기에는 약간 먼 그런 관계였던 것이다.

"아, 검에 대한 이야기는 들었습니다. 그 검은 규현 씨가 갖는 것으로 하면 어떨까요. 소유권에 대한 문제가 없다면."

"그건 동원 씨가 가져가야죠. 동원 씨가 쓰든, 나중에 암상인 개린드에게 팔든, 동원 씨의 자유예요. 굳이 그렇게 신경 써주실 필요는 없어요."

"저는 괜찮습니다."

서희가 규현이 동시에 고개를 저었다. 스피어러로서 이세경이 들고 있던 검에 욕심이 없다면 거짓말이었다. 하지만 그것은 동원의 목숨을 건 전투를 통해 이세경을 처리했기에 얻은 일종의 전리품과도 같았다.

당사자인 이세경이 체포되어 수감되었고, 정부에서도 이를 두고 문제 삼지는 않으니 소유권으로 문제될 일은 없었지만, 2000 스피어나 되는 무기를 감사합니다, 라는 말로 넘겨받기에는 부담스러운 부분이 있었다.

"복서와 검은 어울릴 일이 없습니다. 규현 씨가 쓰도록 하고, 만약 그렇지 않게 된다면 그때 판매를 하든 해서 스피어를 제가 회수해 가도록 하죠. 그때까지는 그럼 편하게 빌려드린다는 개념은 어떻겠습니까?"

"오……."

"야, 조규현."

"아, 죄송합니다."

동원의 제안에 홀랑 넘어가 버린 규현은 자신도 모르게 황홀한 표정을 짓다가, 서회의 한마디에 고개를 푹 숙였다. 그러자 동원이 살짝 미소를 지으며 웃은 뒤, 고개를 끄덕이며 말을 이었다.

"장기임대로 하죠. 쓰지 않게 될 때 돌려받겠습니다."

"그래도… 괜찮으시겠어요?"

"자기에게 맞는 옷을 입어야죠. 제가 들고 있다고 해서 쓸 일이 없으니까. 제 주인을 찾아가야 한다고 봅니다."

동원의 생각에는 변함이 없었다. 마침 검술 스타일도 이세경과 규현이 비슷했다. 나중에 소유권에 대한 문제가 생기면 정부에 반환하면 될 일이고, 아니라면 규현이 쓰게 하는 것이 가장 좋아보였다.

"그럼 저희가 잠시 맡아두는 걸로 할게요. 감사해요, 동원 씨."

"잘 쓰겠습니다. 실력 발휘는 확실하게 해드릴게요."

서희와 규현이 감사 인사를 표하고.

동원은 살짝 머금었던 미소를 거두어들인 뒤, 다시 서희의 브리핑에 집중했다.

서희는 마라톤 회의를 하는 동안 살짝 쉬어버린 목을 달래기 위해, 옆에 놓여 있던 물을 단숨에 쭉 들이켜고는 말을 이었다.

"화두는 역시 포탈이었어요. 클랜원들 중 랭커라고 할 만한 사람은 없었으니까요. 간부들의 독식과 착취 구조였기 때문에 오히려 동일 랭크와 단계에 비해서 발전이 더딘 사람이 태반이었어요. 그래서 클랜원 분배에 대한 건 이견이 거의 없었죠."

"로즈마리 클랜이 관리하던 포탈의 수가 적지 않았을 텐데요."

"맞아요. 거기서 다른 클랜을 협박하거나 강탈하는 식으로 빼앗은 포탈의 경우에는 원래의 클랜에게 돌려주는 것으로 합의를 봤어요. 다만 여기서 이견이 좀 있었어요. 저는 본래 주인이 따로 있으니 별도의 대가 없이 돌려줘야 된다는 입장이었지만, 다른 클랜의 리더들은 생각이 다르더군요. 특히 혁수 씨는요."

"어떻게 다르던가요?"

동원은 김혁수의 생각이 궁금했다.

그는 이번 로즈마리 클랜 해체를 주도적으로 준비했고, 이를 통해 가장 큰 이미지 쇄신 효과를 본 클랜의 리더였다. 처음부터 끝까지 그의 입김이 들어간 이번 일은 그가 판을 전부 다 짰다고 해도 과언이 아닐 정도였다.

"결국 빼앗긴 포탈을 원래 주인에게 돌려주는 것이긴 하지만, 그 과정에서 로즈마리와의 충돌도 있었고 각 클랜별로 인력이 소모되었으니 그에 상응하는 대가를 받아야 한다는 입장이었어요. 수고를 해서 되찾아줬으니 공짜는 없다, 이런 거죠."

"대다수의 리더들이 동의를 한 겁니까?"

"저 빼고 나머지 여섯의 리더가 동의했죠. 위임된 포탈에 대한 정보는 있으니까 1주일 동안 반환 신청을 받게 될 거예요. 혁수 씨가 협상을 할 거고, 반환에 대한 대가를 받게 될 것 같아요. 아마도 현물 스피어와 스페셜 스피어로 받게 되지 않을까 싶어요."

"…상당한 비즈니스적 마인드군요. 예상은 했지만, 그렇게 되면 좋은 뜻으로 시작한 일이더라도 많이 희석이 될 텐데."

줄곧 합리적인 판단을 해왔던 김혁수였지만, 동원은 이번에 보여준 김혁수의 선택은 이해가 가지 않는 부분이 많았다. 한편으로는 그런 생각도 들었다.

협상을 김혁수가 대표로 하게 된다면, 어쩌면 반환 보다는 이미 로즈마리에게 해당 클랜이 당했었던 과거를 예로 들며, 해당 클랜을 흡수 합병하거나 하는 식의 제안을 할 수도 있었다.

그렇게 되면 자연스럽게 포탈은 물론이거니와 추가로 클랜원들의 규모를 늘려갈 수도 있는 것이다.

"반환에 대한 대가로 받은 것들에 대해서는 일곱 클랜이 정해진 비율에 맞게 분배가 될 거예요. 가온이 16%, 나머지 여섯 클랜이 14%, 2%는 협상 수당, 뭐 그런 개념이라고 보면 될 거예요."

"김혁수 이 새끼, 이번 일을 가지고 사업을 할 거라곤 생각도 못 했는데요."

듣고 있던 황찬성이 인상을 찌푸리며 말했다. 김윤미를 구하겠다는 일념 하나만으로 이번 일에 뛰어들었던 동원, 그런 동원을 전심전력을 다해 도울 생각으로 함께했던 쌍둥이 형제였다.

하지만 김혁수는 마치 기다리고 있었던 것처럼 협의를 진행해 나갔고, 로즈마리 해체 이후의 분배에 대한 생각도 미리 정리해 놓았던 것 같았다.

그렇지 않고서야 이렇게 수월하게 결정을 끝낼 리 없는 것이다.

"그래서 가온이 명실상부한 1위 클랜인 거죠. 혁수 씨는 대를 위해서 소는 충분히 희생할 수 있다고 생각하는 사람이에요. 그리고 그만한 이익을 반드시 창출하죠. 이번에 이런 결정이 내려지면 가온의 클랜원들은 반발을 할까요? 절대 아니에요. 클랜에서 통제하는 포탈이 많아지면 그만큼 자신들에게 떨어질 떡고물도 많기 때문이죠. 클랜원들의 이익을 보장하는 일이니, 불만을 가질 사람도, 의구심을 가질 사람도 없어요. 클랜이 사회봉사 단체는 아니잖아요. 결국 이익을 추구하는 집단이라는 것을 인정해야 해요. 스피어러로서 사람들을 지키는 것과는 별개의 문제죠."

"블랙 헌터 쪽으로도 포탈이 일부 할당됐습니까?"

"네. 기존의 클랜원 수에 이번에 설명회를 통해 가입 신청을 받은 클랜원들의 수를 더했어요. 그렇게 총 합계된 클랜원들의 수에 맞는 비율로 분배가 됐어요. 그렇게 하지 않으면 규모가 작은 클랜은 포탈을 관리하는 데 애를 먹을 수 있으니까요. 저 역시도 그렇게 생각해요. 괜한 욕심을 냈다가 관리가 제대로 이루어지지 않으면, 그나마 있던 통제권도 회수될 테니까."

"다른 클랜들이 많이 배분을 받았겠군요."

"인원대로에요. 일곱 클랜 중에서 우리 클랜이 가장 규모가 작으니까, 배분받은 포탈 수만 놓고 보면 가장 적기는 해요. 하지만 혁수 씨의 배려로 서울 쪽의 포탈로 대부분을 배정 받았으니, 관리가 어렵진 않을 것 같아요. 아직까지 우리 클랜은 가온처럼 전국구 단위의 관리는 힘드니까요."

"나름대로의 실리는 충분히 챙긴 것 같아 보이네요. 가온에 대한 이야기는 하지 않도록 하죠. 어차피 예상했던 일이니까."

서희의 이야기를 경청하고 난 동원은 고개를 끄덕였다. 이유리는 서희의 이야기를 듣고 난 뒤, 동원이 분개(憤慨)하며 클랜 간의 밀실 협의에 대한 성토를 할 것이라 생각했지만, 동원의 반응은 이상하리만치 차분했다.

동원은 이번 일을 통해 느낀 것이 많았다.

가장 크게 느낀 것은 클랜들의 이런 이익 추구 행위에 대한 비난 어린 시선이 아닌, 지나치게 순수했던 자기 자신의 감정에 대한 반성이었다.

로즈마리 클랜이 해체된다고 해서 모든 문제가 해결되지는 않는다.

클랜 하나가 해체됨으로 인해서 야기될 수 있는 혼란을 미연에 방지할 필요가 있었고, 김혁수는 협의체를 빠르게 구성해 빠르게 논의를 매듭지었다.

이것은 납치된 스피어러들을 구출해야겠다는 사명감과는 별개로 현실에 매우 밀접하게 관련된 일이었다.

동원은 분명 자신이 이런 점들을 의도적으로 외면했다고 생각했다.

복잡하고 머리가 아픈 과정이기 때문이다. 하지만 반드시 해야만 하는 일이기도 했다.

클랜이라는 조직이 갖는 의미, 그리고 클랜 사이의 역학 관계와 힘겨루기.

이 모든 과정을 서희를 통해 지켜볼 수 있었고, 동원은 그제야 여실히 깨달았다.

단지 내 자신을 위해, 그리고 내 곁의 사람을 위해서 행동하는 것만이 전부는 아니라는 것을 말이다. 서서히… 클랜의 세계에 눈을 뜨고 있었던 것이다.

"새로이 들어올 클랜원들과 포탈에 대한 인원 분배를 하려면 당분간 머리가 아플 것 같아요. 좀 더 수월한 관리를 위해서 이왕이면 여기 계신 모든 분들이 우리 클랜의 사람이었으면 하는 바람이 있지만……."

서희가 말 끝을 흐리며 이유리, 황찬성, 황찬열, 그리고 동원을 차례대로 바라보았다.

"즐거운 바람 정도로 두기로 하죠. 호호. 아무튼 이상이에요. 이번 일에 참여해 주신 동원 씨, 유리 씨, 찬성 씨, 찬열 씨, 전부 고생 많았어요. 감사드려요."

"저야말로 윤미 씨 부모님의 안전은 물론이고, 윤미 씨에 대한 파악을 빠르게 해주신 서희 씨에게 감사드릴 따름입니다."

"에이 뭘요, 결국엔 저도 숟가락 얹을 생각으로 준비했던 일인걸요."

서희는 쿨하게 자신의 의도를 인정했다. 동원은 그런 서희의 결정을 잘못됐다고 생각하지 않았다.

그녀의 말대로 숟가락이라도 얹었기에 떨어진 것이 있는 것이다.

블랙 헌터가 참여하지 않았다 하더라도 로즈마리 클랜은 해체됐을 것이고, 지금처럼 분배가 이루어졌을 테니까.

그렇게 새벽의 대화는 끝이 났다.

결과적으로 이번 로즈마리 클랜 해체에 주도적으로 참여한 일곱 개의 클랜들은 모두 실리를 챙겼고, 미온적인 태도 혹은 소극적인 태도로 일관했던 다른 클랜들에게는 한 톨의 이익도 떨어지지 않았다.

로즈마리 사건은 스피어러들과 클랜에게 여러 의미를 가져다주었다.

첫째, 스피어러들의 범법 행위는 이제 더 이상 용인되지 않는다는 것. 경우에 따라선 이번 로즈마리 클랜처럼 클랜 자체가 해체되는 것은 물론이고, 연루된 스피어러들이 전부 수감되는 일도 생긴다는 것.

둘째, 언제든 클랜 간의 이해관계와 맞물려 제2의 로즈마리 클랜이 나올 수도 있다는 것. 다시 말해서 경우에 따라선 마녀사냥을 당하는 클랜이 충분히 나올 수도 있다는 것이다.

* * *

"음……."

새벽 다섯 시를 넘긴 시간.

집으로 돌아온 동원은 늘 그랬듯이 습관적으로 메일함을 확인했다. 항상 자기 전에 한 번은 꼭 확인하는 것이 메일함이었다. 혹시나 케인에게서 새로이 들어온 소식이 없나 해서였다.

황찬열은 일찌감치 펴놓은 이부자리 위에서 곯아 떨어져 있었고, 이유리도 간밤의 전투로 있었던 피로를 달래기 위해 집으로 돌아가 늦은 잠을 청하고 있는 상태였다.

황찬성은 이불을 뒤집어 쓴 채, 계속 스마트폰을 만지작거리며 누군가와 대화를 주고받는 모습이었다.

굵직하고도 뭉툭한 손을 가진 황찬성이 엄지손가락 두 개를 이용해 아기자기하게 자판을 두드리는 모습은 듬직한 그의 외형과는 전혀 맞지 않는 것이라, 지켜보던 동원은 피식 웃음을 터뜨렸다.

"오! 드디어 입국하는 건가."

바로 그때.

동원은 따로 케인의 메일 주소를 분류해서 빼놓은 편지함에 한 통의 메일이 와 있는 것을 확인했다. 새로운 메일이었다.

안녕, 동원. 케인이다. 내일 모레 입국할 예정이다. 다른 일정을 겸해서가 아니라, 너를 보려고 입국하는 길이다. 예전에 네게 받아두었던 주소가 맞는가 싶어 확인차 보낸다.

맞으면 연락처와 함께 다시 내게 메일로 보내주기 바란다. 보내는 즉시 확인할 수 있으니까. 네게 몇 가지 제안할 부분이 있다. 동시에 네가 한 번 만나보았으면 하는 스피어도 있고.

만나서 할 이야기가 많다. 빠른 답장을 기다린다. 죽지 않고 여전히 잘 살아 있기를 바라며, 이만.

"드디어 오는 건가."

하드 모드의 파티 플레이 이후, 케인을 직접 보는 것은 이번이 두 번째였다.

그 이후 동원은 대한민국의 퍼스트 네임드 슬레이어가 됐고, 케인은 미국에서 가장 영향력이 큰 클랜 히어로즈

(Heroes)의 간부 중 하나가 됐다. 괄목할 만한 성장을 이룬 것이다.

만나서 할 이야기.

그리고 만나보았으면 하는 스피어러.

두 가지 모두 궁금했다.

어떤 일이길래 자신을 직접 보고 싶어 하는 것이며, 어떤 스피어러를 소개시켜 주려고 하는 것일까. 벌써부터 두근거리기 시작하는 동원이었다.


『월드 플레이어』 4권에 계속…

박선우 장편 소설
FUSION FANTASTIC STORY

PERFECT GAME
퍼펙트 게임

고통과 좌절의 시간들을 뛰어넘어
불사조처럼 일어나 세계를 제패한 사나이의 일대기.

대한민국을 넘어 메이저리그를 평정하며
명예의 전당에 헌정된 언터처블 투수, 이강찬.

강철 같은 어깨에서 뿜어져 나오는 그의 패스트볼은
**무적**이었으며 야구계에 길이 남을 **신화**였다.

야구만을 사랑했던 고독한 사나이.
그의 *퍼펙트게임*이 이제 시작된다!

Book Publishing CHUNGEORAM

가프 장편 소설

# 관상왕의
# 1번룸

FUSION FANTASTIC STORY

거대한 도시의 그늘에서 벌어지는
짜릿하고 통쾌한 이야기!

## 『관상왕의 1번룸』

텐프로의 진상 처리 담당, 홍 부장.
절망적인 삶의 끝에서 만난 남국의 바다는
그를 새로운 인생으로 인도하는데…….

쾌락을 원하는 거부, 성공에 목마른 사업가,
그리고 실패로 절망한 사람들이여.

**여기, 관상왕의 1번룸으로 오라!**

Book Publishing CHUNGEORAM

유행이 아닌 자유추구 -
WWW.chungeoram.com

# 현대 소환술사

## THE MODERN SUMMONER

FUSION FANTASTIC STORY

현윤 퓨전 판타지 소설

---

하늘이 무너져도 솟아날 구멍은 있다!

드래곤의 실험으로 모진 고난을 겪어야 했던 레비로스!
우여곡절 끝에 소환술사가 되어 최강의 자리에 오르지만
운명은 그를 나락으로 떨어뜨린다.

『현대 소환술사』

다시 한 번 주어진 삶!
그러나 그마저도 암울하기 그지없는데…….

소환술사 레비로스의
인생 역전이 시작된다!

---

Book Publishing CHUNGEORAM

유령이 아닌 자유추구
WWW. chungeoram.com

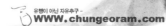